剣持麗子のワンナイト推理

新川帆立

宝島社
文庫

宝島社

剣持麗子のワンナイト推理

Reiko Kenmochi's One Night Mystery

［目次］

剣持麗子のワンナイト推理

第一話　家守《やもり》の理由

1

家の本棚に六法全書があるのは知っていた。父が残していったものだろう。

俺は背伸びをして、本棚の一番上から六法全書を引き抜いた。古い本特有のかびくさい臭いが鼻をつく。ほこりが舞ってくしゃみが出た。

インターネットで下調べしていたから、参照すべき条文は分かる。長いこと人の手の脂に触れず、乾燥しきって固くなった紙面を慎重にめくった。

民法　第百六十二条（所有権の時効取得）

1．二十年間、所有の意思をもって、平穏に、かつ、公然と他人の物を占有した者は、その所有権を取得する。

2．十年間、所有の意思をもって、平穏に、かつ、公然と他人の物を占有した者は、その占有の開始の時に、善意であり、かつ、過失がなかったときは、その所有権を取得する。

二十年間、十年間、という文字を目で追った。

我が家は西新宿《にししんじゅく》の込み入った住宅街にある木造平屋だ。

俺は生まれてから二十一年間ここに住んでいるが、借家だなんてきいたことはなかった。家賃を払った覚えもない。ということは、時効取得でこの家は俺のものになるはずだ。手のひらにじっとりと汗がにじんだ。

事のおこりは一週間前、進藤《しんどう》不動産の進藤昌夫《まさお》という男が訪ねてきたことだ。夕方四時頃で、俺は出勤前の身支度をしていた。

強い西日が引き戸のガラスから差していた。中年男の丸いシルエットが、ガラスの向こうにくっきり見える。

男は挨拶もせず「失礼」とだけ言って、玄関口にあがり込んできた。差し出した名刺を見て初めて、相手が不動産屋だと知った。

「家屋を不法占拠されては困りますよ」

進藤は茶封筒から黄ばんだ契約書を取り出し、俺の前に突きつけた。タイトルは「建物賃貸借契約書」となっている。

紙の変色具合を見るに、かなり古い契約書のようだった。

「どういうことすか？　ここには、じいちゃんとばあちゃんの代から住んでいて、借りた覚えはないんですが」

「家賃の支払いが滞って、以来三十年うやむやになっているみたいですが。ほら、ちゃんと賃貸借契約書があるでしょ。不動産登記上も、ここの建物と土地は私のものなんですよ」

進藤は数枚の書類を取り出した。

目を通すが、漢字ばかりが並んでいて目がちかちかする。紙面上を目が滑り、書いてあることを理解するのに時間がかかった。

数分間書類を見つめても、分かることはほんのわずかだった。

建物賃貸借契約書には、三十五年前の日付が記されている。

不動産登記だと言って見せられた書類には、確かにこの家の番地と進藤の名前が記載されていた。

「このあたり一帯、再開発がありますから。三カ月のうちに出ていってくださいよ」

「えっ、ちょっと待ってください」

進藤は硬い表情のまま、書類を茶封筒に戻した。

「近いうちに正式な書面を送りますから」

立てつけの悪い引き戸を乱暴に引いて、進藤は出て行った。その後ろ姿を俺は茫然《ぼうぜん》と見送ることしかできなかった。

キツネにつままれたような心持ちだった。悪い夢を見ているのではないだろうか。

進藤という男は実在するのか。進藤と話した数分間は、現実のことだったのだろうか。

もらった名刺にある「進藤不動産」をインターネットで検索すると、数キロ先にある小さい不動産屋だと分かった。少なくとも、進藤不動産は実在するらしい。

それ以上の思考を脳が拒否していた。

急に出ていけと言われても何が何だか分からない。仕事が忙しかったこともあって、考えるのをつい先延ばしにした。

すると一週間後に、進藤不動産から「立退通知書」という書類が送られてきた。夜勤明けの眠たい目でポストをのぞくと、その封筒があった。

封筒を手に持って、ぼんやりと縁側に腰かける。

砂利を敷いただけの庭が朝日に照らされていた。

六月に入ってから雨の日が続いている。せっかく晴れた朝なのに、気持ちは打ち沈んだ。進藤の話は現実のものだったのだ。

最初に浮かんだのは、弁護士に相談することだ。だがこの考えはすぐに打ち消された。弁護士に相談するわけにはいかない。警察はもちろんダメだ。

父の浅黒い顔が脳裏に浮かぶ。

酒を飲むと気が大きくなって、母をしこたま殴った父。切れかかった蛍光灯に照らされた残忍な顔が忘れられない。

父は笑っていた。

母を殴りながら笑っていたのだ。

母が倒れて動かなくなると、父の手は俺に伸びた。だから母は、身体《からだ》じゅうにあざをつくって意識を失いそうになっても、なんとか目を開けていた。

父は奴隷が欲しかっただけなのだ。わずかの生活費を与えさえすれば、忠実に動く奴隷だ。毎日規則正しく、規律を守って暮らすように求めた。少しでもルーティンかららずれると火がついたように怒る。

父のお気に入りは近所の犬たちだった。

犬たちは同じ散歩ルートをたどり、同じ餌《えさ》をあげれば同じ反応を示す。その忠実な様が父の心を満たしたらしい。

散歩で通りかかる犬のために高級なおやつを用意していたくらいだ。家族にあれだけ辛《つら》くあたる父が、犬に対して優しいのは滑稽だった。

母が死に、父が家を去る前にぼそりと言ったことがある。

「この家、立退話があっても、立退くなよ。特にうちの庭。そのままにしておけ」

父の言葉は不可解だった。

もともと母と祖父母が住んでいた家だ。父は母と結婚してこの家に住み始めた。父の生家というわけではない。どうしてこの家を守る必要があるのか。

思い当たることが、ないではない。

砂利敷の庭をじっと見つめた。

やはり弁護士にも警察にも言えない。

雑草があちこちから生えてきている。雨の日が続いて草むしりができていなかった。

縁側から向かって左側にはコンクリートの塀があるが、その一部が崩れている。塀の向こうの家の老犬が鼻先を出していた。

縁側からみて正面には、錆《さ》びたメッシュフェンスが立って、隣の家とうちとの境線を作っていた。

メッシュフェンスの隙間から、大輪のアジサイが顔を出している。

それを見た瞬間、頭に血が上った。

はみ出さないように距離を取って植えてくれと何度も頼んだのに。「一度植えたものをずらすのは可《か》哀想《わいそう》だから」と取り合ってもらえなかった。

隣家では、猫の額ほどの庭にぎっしりとアジサイを植えている。ほとんどのアジサイが青紫色の花を咲かせていた。

だが、我が家に面した部分だけ鮮やかな赤い花がついているのだ。

それがどうしても気に入らなかった。

もう一度、隣人にきつく言わなければならない。

それに——。

手元の立退通知書に視線を落とす。ここを立退くわけにはいかない。夜勤明けの目を朝日に細めながら拳《こぶし》を握りしめた。

2

湾岸《わんがん》警察署の面会室で、私はため息をついた。

「奈良漬けを食べたって？」

アクリル板の向こうに座った真美《まみ》という女はむすっと黙ったまま、うなずいた。

真美は二十代半ばである。丸い顔に丸い鼻がついた愛嬌《あいきょう》のある顔立ちだ。目だけが洋猫のようにくっきりとしたアーモンド形をしている。明るく染めた髪の毛先をくるくるといじり、すねたように口をとがらせた。

「どうせ剣持《けんもち》先生も信じてくれないんでしょ」

「いつ、どのくらい食べたの？」

吐いた息がアクリル板にあたり白くなった。

六月も半ばだ。

蒸し暑くなると思いきや、梅雨寒が続いている。朝晩は冷え込む日も多い。今日のように雨が降ると寒さはいっそうひどくなる。

面会室には暖房も冷房も効いていなかった。外の気温をそのまま反映するように室内は冷え切っている。

真美はお仕着せの灰色のスウェットを指先まで伸ばした。指先の冷えに耐えているのだろう。

「覚えてないけど。車に乗る前に、けっこう沢山。彼氏と喧嘩《けんか》してやけくそになってたし」

「あのねえ、あなた、呼気アルコール検査に引っかかったんでしょ。血中アルコール濃度が〇・三%ですって。奈良漬けを六十切れは食べないと、こんな数字出ないのよ」

真美は「はあ」と不快そうに息を吐いた。

「それじゃ、そのくらい食べたってことじゃないですか」

なげやりな口調で言って、にらみつけてくる。

真美は湾岸線を爆走したすえ、警察官に止められた。法定速度を四十キロ以上超えていたという。ピンク色の軽自動車でよくそんな速度が出せたものだ。

悪質な罪状だが、大人しくしていれば家に帰れたかもしれない。

ところが真美はそんな女ではなかった。

悪態をつき、警察官に殴る蹴るの暴行を加えた。その後も反抗的な態度をとり続けて逮捕され、警察署に留置されることになったのだ。

「警察も検察も裁判所も、奈良漬けの話を信じないわよ。呼気アルコール検査前に奈良漬けを食べたって主張して、退けられた例が過去にあるし」

　珍妙な言い訳が流行《はや》ることがある。

　過去には、キムチを食べると尿から覚せい剤反応が検出されるという誤った噂《うわさ》が流れた。覚せい剤取締法違反の容疑者が口をそろえて「キムチを食べた」と弁解したものだ。法曹関係者の誰もが信じない弁解の一つである。

「裁判所や検察が信じないと言うけど、結局、剣持先生も私の言うこと、信じてないんでしょ？」

　真美は私の顔をじいっと見て言った。目の中には挑発の光が宿っていた。そんな安い挑発にいちいち乗っていられない。

「信じてほしいなら、信じられるような説明をしてちょうだい」

　冷静に言い返すと、真美は不服そうに首をかしげた。

「説明って言われてもなあ。お店をあがった後、六本木《ろっぽんぎ》のマンションに帰ったら、彼氏がいたわけ。うちのジュエルちゃんの様子がおかしくて」

「ちょっと待って。ジュエルちゃんって？」

「うちのワンちゃんですよ。ミニチュアプードルって犬種なんですけど。うちの彼氏がジュエルちゃんに勝手におやつをあげちゃって」

「おやつ、あげちゃいけないの？」

「うちのジュエルちゃん、アルカリ尿なのよ」

犬を飼ったことのない私が、ポカンとしているのに気づいたのだろう。話が通じないことに「もう」といらだちながらも補足してくれた。

「体質的に尿石症になりやすくて、食事療法をしているの。療法食以外あげないようにしてるんだからね。それなのに、身体に悪いものを食べさせられて、ジュエルちゃん、可哀想に」

真美はまなじりを潤ませた。泣くほどのことかと呆《あき》れたが、一旦話をきくしかない。

「それで、言い争いになって。彼氏が馬鹿みたいに怒って、『俺と犬、どっちが大事なんだ』って言い始めたわけ。そんなの犬に決まってるじゃんね。彼氏は替えられるけど、ジュエルちゃんの飼い主は私しかいないんだからさ」

真美は目元をぬぐった。

顔を上げると、急に強い目になっている。

腹立たしさを思い出したような、誰にも負けないというような勝気な視線だ。

「私の返事をきいて、彼氏は私のすねを思いっきり蹴ってさ、そのまま出て行った。私もむしゃくしゃして、部屋にあった奈良漬けをやけ食いして」

「ちょっと待って。なんでそこで奈良漬けを食べるわけ？」

「なんでって、そこにあったからですよ。別に理由はないし」

私は頭を抱えた。

何度も事情をきき返したが、これ以上の事情は出てこない。

いつもそうだ。だから一般人相手の仕事は嫌になる。

普段担当しているのは会社同士の取引だ。意思決定は合理的だし話もスムーズにいく。

他方、一般人相手となると勝手が違う。全く合理的に動かないし、話もまどろっこしい。一般人なんて相手にするんじゃなかった、と常々思う。企業相手の仕事と比べると報酬もずっと低い。

きっかけは思いがけないことだった。

今年の二月、旧軽井沢《きゅうかるいざわ》で村山権太《むらやまげんた》という弁護士が亡くなった。村山の死に思うところがあった私は、村山の業務を引き継ぐことにしたのだ。

これが大きな間違いだった。面倒なわりに金にならない仕事ばかりがどんどん入る。やめてしまいたいとも思ったが、そこは乗りかかった船、意地になってこなしていくうちに評判が立った。人づてに噂は広がり、軽井沢以外からも相談が寄せられるようになる。村山がすでに受けていた案件だけ引き継ぐ予定だったのに、新規案件が続々とやってくるようになったのだ。

断ってしまえばいい話だ。普段の仕事だけでも忙しい。それなのに、なぜか断れなかった。自分の中に、頑として動かない固いものがある。意地なのかプライドなのか、自分でも分からない。

「話は分かった。今の事情の裏をとってから、不起訴にするようにっていう意見書を作って、検察に提出するから」

「ねえ、先生」真美が身を乗り出した。

にやりと笑う顔を見て、嫌な予感がした。

「うちに行ってさ、ジュエルちゃんの様子を見てきてくれない？　ご飯のあげかたは冷蔵庫に貼ってあるから見れば分かると思う。そのくらい、先生でもできるでしょ」

真美は軽い口調で言った。一緒にカフェに行って、連れ合いに「一口ちょうだい」と頼むくらいのテンションだ。

信じられない。何が「そのくらい、先生でもできるでしょ」だ。私にできることは他に沢山ある。むしろ犬の世話は苦手だ。犬とは相性が悪い。私が犬を嫌っているのではない。犬が私を嫌っているのだ。

「はあ？　ふざけんじゃないわよ」

私は身を乗り出し、机を叩《たた》いた。

「こっちは慈善活動でやってるわけじゃないのよ」

真美は身体をびくつかせた。私の言葉が強かったのかもしれない。だが真美は真美で、このくらいで引く女ではなかった。

「じゃあ、どうすんの。ジュエルちゃん、餓死しろってこと？」

目を見開いて、にらみ返してくる。黙ったまま互いに譲らない。カチン、と、宙で視線がぶつかる音がきこえてきそうだった。

人のせいにする真美の態度が腹立たしかった。

犬のジュエルが困っているのは飼い主が逮捕されたからだ。弁護士が世話をかって出なかったからではない。

「あのね、あなたの犬の世話をしたって、私には一円も入らないわけ。頼むなら、頼みかたってもんがあるでしょ」

「でも、前にストーカー被害で助けてくれた弁護士さんは色々やってくれたよ」

一般人相手の仕事、いわゆる「一般民事」を担当する弁護士たちは、概して面倒見がいいようだ。法律問題に直接関係しない生活面のサポートをすることもあるときく。

だが私の専門分野は会社間の取引である。一般民事で身を立てたいわけではない。

「じゃ、今回もその人に頼めばいいじゃない」

冷たく言うと、真美は非難がましい目をこちらに向けた。

「だって、その人、交渉するときとか頼りなかったし、もう一回頼みたい感じじゃないんですよねえ」

優秀な弁護士を雇いたいのは分かる。しかし優秀な弁護士はえてして忙しいのだ。案件外の用事にまで駆り出されたらたまったもんじゃない。

「忙しいなら、他の人に頼んでくれてもいいんで、お願いします。私に友達がいたらよかったんだけど、友達いないからなあ。お店の同僚たちも信用できないし、彼氏はジュエルちゃんに引き合わせたくないし」

私はため息をついた。

結局は誰かがやらなくてはならない仕事だ。

抵抗したところで、肩代わりをしてくれる人はいない。

「……分かったわよ」

しぶしぶ言うと、真美はパッと顔をほころばせた。

「わっ、先生、ありがとう」

身を乗り出してアクリル板に両手をつける。

「店に来るお客さんたちに、良い弁護士の先生いるよって広めてあげるからさ」

「誰にも広めないでちょうだい。これ以上仕事が来ても困るのよ」

鞄《かばん》を手にして立ちあがった。

アクリル板の向こう、真美側の面会室の入り口に視線を走らせる。扉の外に警察官が立っていた。小さな窓越しに面会がまだ終わらないのかと様子をうかがっているようだ。

「毛布、差し入れといたから。使いなさいよ。留置場は寒いからね。使い古しのスウェットしか配られないし、警察官は高圧的だし」

「なんでそんなこと知ってるの？」

「私も入ったことあるからよ」

真美は目を丸めてこちらを見た。鳩《はと》が豆鉄砲を食ったよう、というのはこういう顔をいうのだろう。

私は構わず、面会室を後にした。仕事は山積みだった。


警察署の外に出ると、午後五時を回っていた。

本来なら埠頭《ふとう》から差す夕日がきれいな時間帯だろう。だが空は分厚い雲に覆われ、しとしとと雨が降っている。傘を片手に道を往来し、なんとかタクシーを止めた。

六本木の真美の部屋に向かった。真美の部屋の鍵は、警察署に保管された真美の荷物の中から引き取っていた。身柄拘束されている者から物品を受け取ることを「宅下げ」という。いくつか例外もあるが、基本的には本人が希望すれば宅下げは認められる。

手早くジュエルに餌をやった。ミニチュアプードルという犬は初めて見た。トイプードルより脚が長くてすらっとしている。その長い脚をばたつかせながら、私が部屋にいる間じゅう吠《ほ》え続けていた。可愛《かわい》げのない犬だ。その犬のトイレの始末をしながら、一体私は何をしているんだとため息をついた。

だが手を止める時間はない。六時半から会食の予定があった。慌ただしく再びタクシーをつかまえ、丸《まる》の内《うち》へ向かう。

六月は、弁護士にとってもっとも多忙な月のひとつだ。

毎年六月に、新人弁護士の採用活動が始まるのだ。司法試験は五月に終わる。ひと息ついた受験生たちを会食に連れ出してくどくわけだ。

司法試験の合格発表があるのは秋である。合格発表前の六月の時点で、内定を出すことになる。大学や大学院の時点で成績優秀な者であれば、司法試験に落ちることはまずない。優秀な者には複数の事務所からオファーが出て、法律事務所同士の奪い合いになる。

普段の業務に連日の会食が加わり、弁護士の疲労も頂点に達する。そんななかで、自分の専門分野でもない一般人相手の仕事の事件を引き受けているのは、本当にあほらしいことだ。

一次会、二次会を終えて山田《やまだ》川村《かわむら》・津々井《つつい》法律事務所に戻ったのは夜の十時半だ。

そこから本来の業務を始める。今晩中のどこかで真美に関する意見書を作る必要もあった。タスクの量を考えると急に肩がこってきた。

執務室の一角には、村山が受けた相談の記録がダンボール五箱分も置いてある。捨ててしまってもいいはずなのに、捨てることはできなかった。

「ねえ、古川君《ふるかわ》」

同じ執務室で作業している後輩の古川に声をかけた。

「誰かバイトしたいって友達、いない？」

分厚いドッチファイルを読んでいた古川はけげんそうに顔をあげた。

「何のバイトっすか？」

「個人受任の案件。もう面倒くさすぎるのよ」

犬の餌やりやトイレの掃除を請け負うにしても、弁護士がやる必要はない。

事務所のスタッフにも協力してもらえたら楽である。

だが、今回のように事務所を通さずに個人で受任した案件に事務所スタッフの手を借りてはいけないことになっている。

「誰かいますかねえ。こういうのって、頼みたいときに限って頼める人がいないんすよねえ」

どれだけの業務が発生するかも分からないから、求人を出すほどでもない。

案件が来たときだけ手伝ってくれる人がいるといいのだが、そんなに都合のいい人はなかなかいないのだ。

何はともあれ、目の前の仕事を片付けるしかない。自販機で買ってきたブラックコーヒーを一気に飲んで、パソコンに向かう。

どのくらい経《た》っただろう。黙々と作業を進めたが、やってもやっても終わらない。頭がぼうっとしてきた。

壁の時計を見ると午前二時だ。執務室を見渡すと、誰もいなくなっている。古川も帰ったようだ。こちらはまだまだ帰れそうにない。一旦仮眠をとろうと机に突っ伏した。

寝つきはいいほうである。

すぐにコトン、と深い眠りにつく——はずだった。

机の上で携帯電話が震えていた。顔をあげて反射的に電話を取る。

「はい、剣持です」

「もしもし？　こちらね、新宿警察署なんですが」

電話の向こうで男の声がした。話しているのは男だと思うが、女性的で柔和な話し方である。

「警察署？　何の件ですか」

真美が問題を起こしたのかもしれない。もともと反抗的な態度をとる女だ。留置場で揉《も》め事を起こしかねない。

だがすぐに、相手が新宿警察署と名乗っていることに思い至った。真美が留置されているのは湾岸警察署である。この電話は別件だろう。忙しいときに限って面倒な新件が降ってくるものだ。嫌な予感がした。

「いえね、武田信玄《たけだしんげん》と名乗る男が、あなたを呼んでるんですよ」

「はあ？」

椅子から滑り落ちそうだった。片手で机をつかみ、なんとか身体を立て直す。

「ニックネームか偽名だと思うのですが、本人がそうとしか名乗らないのですよ」

連絡が入ったのは、村山が使っていた業務用の携帯電話だ。

化石のようなガラケーで、電話以外の用途はない。

村山の世話になった過去の依頼人が電話をしてくることもある。武田信玄を名乗る依頼人というのは見当もつかなかった。

「そちらはどういった状況ですか？」

電話口からは、ざあざあ降りの雨の音がきこえる。「あっちだ」「はい、いっせーの」といった男たちのかけ声が雨音に混じる。

野外で何らかの作業を行っているようだ。

「新宿区百人町《ひゃくにんちょう》にある『進藤不動産』という不動産屋からかけています。不動産屋の主人、進藤昌夫が何者かに殺害されました。第一発見者は、武田信玄を名乗る二十代の男性。この男が相当に怪しいので署まで同行しようとしたところ、こちらの番号に電話をして弁護士を呼んでくれと騒ぐものでねえ」

男の口調にはどこか状況を面白がるようなニュアンスがあった。困っているようで困っていない。余裕が感じられる。

ただでさえ寝入りばなを邪魔されて機嫌の悪い私は、男のおっとりとした話しぶりにいらだちを感じた。感情をぶつけるわけにもいかず、抑えた口調できいた。

「弁護士の名前を言っていましたか?」

「村山先生を、とのことでしたが」

「村山は先日亡くなりました。私は業務の一部を引き継いだ弁護士です。ですから――」

電話口で誰かが怒鳴る声がした。がさがさ、と何かがこすれる音が続く。場所を変えているのだろう。数十秒して先ほどの男の声がした。

「すみません。とりあえず来てもらえませんか。ねっ、いいでしょ? あ、ほら、本人も村山先生でなくてもいいと言っています。彼、弁護士が来ないと一歩も動かないんですって。頑張るよねえ。収拾がつかず、こちらも困っているんですよ。本当にねえ」

やはり、茶化すような話しぶりだ。

低い声で釘《くぎ》を刺した。「今何時だと思ってるんですか」

時刻は午前二時過ぎだ。

人を呼び出すような時間ではない。

「いやあ、ほんと、弁護士の先生って遅くまで働いてらっしゃるんですねえ。電話が通じてよかったあ。とにかく困ってるんですよ。顔を見せるだけでもいいから、来てください。ねっ、ねっ」

男は一方的に住所を読み上げ、「頼みますよ」と言って電話を切った。

何が「頼みますよ」だ。

椅子に深く腰掛け、ヘッドレストに頭をもたせかけた。首のこりが徐々に和らいでいく。

弁護士は警察捜査をスムーズに進めるために存在するわけではない。私を現場に呼んだら、より厄介なことになるとは考えないのだろうか。

きっと考えないのだろう。

権力を持つ者は、自らの権力に無自覚なわりに、権力を妄信している。周りの者たちは当然のように指示に従い、協力してくれるものと思っている。反抗的な態度をとると、「まさか、信じられない」という態度を示すのだ。

協力してもらって当たり前、反抗的な者には容赦なく権力を振りかざす。

真美の顔が頭に浮かんだ。「彼氏は替えられるけど、ジュエルちゃんの飼い主は私しかいないんだからさ」と言い切った女。くっきりとしたアーモンド形の目に不満と反骨精神をみなぎらせていた。あの女も、大人しくしていれば逮捕されずにすんだかもしれないのに。

肩がぐったりと重く感じた。

軽く目をとじると、まぶたの裏が刺すように痛む。

行かなくてもいいかもしれない。正式な依頼人というわけでもない。だが話をきくかぎり、逮捕直前の容疑者からの緊急要請だ。放っておいたら、逮捕されてしまうかもしれない。

「ああ、もうっ」

勢いよく立ちあがった。鞄をひっつかみ、執務室を出る。

依頼人を助けたいわけではない。権力を振りかざす者が嫌いなのだ。新宿警察署は、私を呼んだことを後悔することになるだろう。

外は本降りになっていた。

傘を差しても横から打ちつける雨水で足元はびっしょり濡《ぬ》れた。

タクシーをつかまえて、指定の住所まで向かう。場所はすぐに分かった。道幅の狭い住宅地の一角にパトカーが三台、無理にとめてある。

手前でタクシーをおりて近づく。

二階建ての小さな建物だ。一階は不動産屋になっていて、二階はおそらく居住スペースだろう。黄色い規制線が張られたところに、傘をさした男がいた。

細身で背の高い男だ。年齢は三十代半ばくらい。

濃紺の機動隊服を着ている。管轄の警察署員が初動捜査で臨場する際、私服のスーツから機動隊服に着替えるときいたことがある。だが実物を見るのは初めてだった。

個々人のサイズに応じたお仕着せのはずなのに、男の機動隊服はぶかぶかしていて、だらしない印象だ。

髪の毛は天然パーマなのか寝癖なのか分からないが、毛先があちこちに跳ねていた。目は離れていて細い。第一印象はチベットスナギツネを思わせた。薄い顔をくしゃっと歪《ゆが》めるように笑顔を浮かべた。

「あーどうもどうもー、弁護士先生ですか」

手にした傘を回しながら近づいてくる。

水滴が飛び散って迷惑だった。

「もう、武田信玄さんが言うことをきかないから、困っていたんですよお。何なんでしょうねえ、こんなに遅い時間まで。ねっ、ねっ」

こんなに遅い時間に呼び出している当の本人はお前だよと言ってやりたかったが、ぐっと我慢した。

不思議な雰囲気の男だ。近所のおばちゃんのような親しげな口調で、のらりくらりと距離を縮めてくる。我々はともに被害者で困っているのだというような錯覚を植えつけ、いつの間にか協力者に引き込むつもりではないか。

「お電話いただいた、弁護士の剣持です」

一切笑わずに名刺を差し出した。深夜に呼び出されているだけで不愉快この上ない。愛想笑いなど、決してするものかと思った。

「刑事の橘《たちばな》です」

橘と名乗った男は、警察手帳を縦に開いて見せるとポケットにしまった。一瞬のことで、金色のエンブレムがチラッと見えただけだ。男の階級や手帳番号は確認できなかった。

「名刺」私はすかさず口を挟んだ。

橘はびっくりしたように瞬《まばた》きをし、私の顔を見た。

「ちゃんと名刺ください」

年下の女からの急な要求に戸惑っているようだ。

一瞬固まっていたが「ああ、はいはい」とつぶやくと、ポケットに片手を突っ込んだ。

ポケットからはライター、タバコ、ガム、鍵、何かの紙きれが混然一体となって出てきた。それらを整理しようともう片方の手を伸ばすと、横風が吹いて傘がずれ、橘の横顔が雨でぐっしょり濡れた。橘は全く構うことなく、ゆっくりとした動作で名刺入れを見つけ、名刺を一枚差し出した。

『警視庁新宿警察署　刑事課強行犯捜査係長　警視庁警部補　橘五郎《ごろう》』

私は名刺をしまうと、橘のあとについて建物の中に入った。

「僕、五人兄弟の五番目なんです。だから五郎」

歩きながら橘は一方的に自己紹介をしたが、私はこれを無視した。

建物の中では、制服姿の交番警察官、橘と同じように機動隊服を着た警察署員、紺色と黄色が配色されたジャンパーを着た検視官らが入り乱れ、慌ただしく動き回っている。

一階は十畳ほどの事務室になっていた。何の変哲もない、こぢんまりとした不動産屋だ。

入り口から見て左側に応接セットがあった。二人掛けのソファが向き合っていて、間にコーヒーテーブルが置かれている。

右側には事務机が一つと本棚、キャビネットがいくつか並び、窓や壁には不動産情報が印刷された紙が貼ってあった。

「ガイシャはこちらです」

橘はソファとコーヒーテーブルの隙間を指さした。

そっとのぞくと、小太りの中年男がうつぶせに倒れている。

男の後頭部には裂傷が走り、赤い血でぐずぐずになっている。

「死体を見ても驚かないんですね」

橘がうかがうようにこちらを見た。視線にかすかに疑いが含まれていた。

死体を見たら女はみな卒倒するものだとでも思っているんだろうか。

こっちは殺人事件があったと事前に知らされているのだし、今はちょうど現場検証中で死体が転がっていることも想像はついていた。死体を見ても驚く理由は一つもない。

橘の言葉を無視してきいた。

「凶器はこれですか?」

脇のソファの上にはハワードミラーの四角い置き時計が転がっている。上の角に血がべったりついていた。

「後ろから一発ですね」

「指紋は？」

「今調べていますけど……どうせ出ないんじゃないですか」

投げやりな口調だが気持ちは分かる。

単純な犯罪は逆に捜査が難しいのだ。

店は百人町の古い住宅街に位置している。周囲に監視カメラなどなさそうだ。指紋さえ隠してしまえばいい。寒い夜だから長袖を着ていただろう。袖をちょっと伸ばして置き時計をつかめば、服の繊維は残っても指紋は残さずに済む。

コーヒーテーブルには湯飲みが二つ出ていた。そのうち一つは全く減っていないように見える。指紋を残さないために手をつけなかったのか。

「ちょっと、何してるんですか」

後ろから声がかかった。振り返ると、スーツ姿の男が立っている。警視庁から派遣された捜査一課の刑事だろう。流行を完全に無視したいがぐり頭が、一般人ではないことを感じさせた。年齢は三十代後半くらいだ。

男は肩を怒らせ、橘をにらみつけた。

「困りますよ。部外者を規制線の中に入れないでください」

「まあまあ。落ち着いて」

橘は手招きするように手のひらを動かした。

「彼女は武田さんの弁護士ですよ。目の前に弁護士を連れてくると約束したものでね。仕方ないでしょ。武田さんが動かないと困るんだから」

入り口のほうから「岡田《おかだ》さん」と声がかかり、いがぐり頭は部屋から出て行った。

「全くねえ。本部の岡田さん、熱心な刑事なんですけど、融通が利かないのが玉に瑕《きず》ですねえ」

橘は独り言のように言った。

「それで、問題の武田信玄さんがあちらです」

入り口のすぐ近くにヤンキー座りで座っている若い男がいた。

大きめのスウェットとスキニージーンズ姿だ。脱色して銀色に染めた髪をセンターで分け、短めのおかっぱのようにしている。色は白く、中性的ですっきりした顔立ちだ。最近流行っている韓流《はんりゅう》アイドルグループにいそうな若者だった。

行き来する鑑識係員たちは迷惑そうに男に視線を投げていた。

「あそこから動いてくれないんですよ」

私はうなずいて、武田に近寄った。

「ほら、武田さん、弁護士の先生がいらっしゃいました」

武田は私を見て、不満そうに眉をひそめた。

彼の反応は当然のことだから気にならなかった。むしろ、眉毛もきちんと脱色してあるのを見て、マメな男だと感心してしまった。

私はしゃがんで武田と視線を合わせた。

「村山先生は亡くなりました。業務を引き継いだ剣持と申します」

名刺を差し出すと、武田は戸惑ったように名刺と私の顔を見比べた。「うっす」と小さい声で言って、両手で名刺を受け取った。

「村山先生、死んじゃったのか。いい先生だったのになあ」

武田は立ちあがりながら、ぼそぼそと言った。ジーンズの後ろのポケットから財布を取り出し、名刺を引き抜いてこちらに寄こす。

『クラブ・ウィング　信玄』

名刺をじっと見つめた。翼の形をしたイラストが入っている。星屑《ほしくず》のようなラメ装飾までついていた。右端に歌舞伎町《かぶきちょう》の雑居ビルの住所が記載されている。

「これって、もしかしてホストクラブ？」

武田はうなずいた。

「知らないんすか。最近のホストの源氏名は戦国武将か漫画のキャラクターからとるんですよ。俺は親父が山梨出身だから信玄。いいっしょ」

にやっと笑う武田をあ然と見つめた。

信玄などと名乗って恥ずかしくないのだろうか。武田はせいぜい二十歳くらいに見える。この感覚の差はジェネレーションギャップなのだろうか。

信玄を名乗ると歴史ファンに怒られそうなものだが、ホストクラブの客層に歴史ファンはいないのかもしれない。

「源氏名ならそうと言ってくれればいいじゃないですかあ」

脇から橘が割り込んだ。

「俺、警察嫌いなんすよ」武田はけろっと言った。

「あら、私もよ」

なかなか見どころのある奴かもしれない。

生意気な笑顔を浮かべる武田を見ながらそう思った。

3

殺害されたのは進藤昌夫、五十六歳。

両親と妻は数年前に他界し、一人息子は関西で勤めている。不動産屋の二階の居住スペースで一人暮らしをしていた。「進藤不動産」という不動産屋を営んでいたが、不動産仲介はほとんどしていない。このあたりの土地を複数所有しており、そこから得る地代収入で生活していたらしい。

進藤が保有している土地には主に古い木造アパートが建っていた。立地の良さのわりに大した地代収入は望めず、暮らし向きが良いとは言えなかった。慎ましく暮らすには充分だが、遊んで暮らせるというほどではない。

しかも進藤は趣味の競輪にのめり込み、借金を抱えていたという。土地資産と借金を相殺すると、若干赤字になるそうだ。

「で、なんで進藤不動産に侵入したの？」

午前三時過ぎ、あくびをかみ殺しながらきいた。

警察署の一室を借りている。警察官が同席すると武田は何も話さなくなる。業を煮やした警察官たちは、一旦弁護士と二人で話すように促してきた。

武田は腕を組み、難しそうな顔をしている。

「俺の話、信じてくれるんすか？」

「信じられるように説明してちょうだい」

武田はうかがうように視線をこちらに投げると、ぼつぼつと話しはじめた。

この日の午前零時過ぎ、武田は進藤不動産に忍び込んだ。入り口のガラスを割るためのマイナスドライバーも持参していた。

ところが、進藤不動産の入り口のガラス戸に鍵はかかっていなかった。電気はついていない。不審に思いながらも、スマートフォンのライトで照らし進むと、進藤の死体が転がっているのを見つけた。

慌てて電気をつけて、再度死体を確認する。すぐに警察に連絡をした。

到着した警察官たちにぶしつけな質問を重ねられ、自分が犯人と疑われていることを悟った。それ以降は黙秘することにしたらしい。

ホストクラブには社員旅行がある。社員旅行で軽井沢に行ったときに、派閥の異なるホストとの間で傷害事件を起こした。その際に当番弁護で助けてくれたのが村山だったという。

村山が来ないかぎり何も話さないと言い張ることにした。村山は軽井沢にいるはずだ。すぐに駆けつけることはできないから、一旦家に帰してくれるだろうと踏んだのだ。ところが村山の携帯電話に私が出て、現場に駆けつけてしまった。それで今に至るというわけだ。

こんなことになるなら電話を無視すればよかった。私が駆けつけたことで、武田も自宅に帰るタイミングを失したわけだ。

「で、もう一度きくけど、どうして進藤不動産に侵入したの？」

「それは言えないすよ」

武田は股を大きく開いてパイプ椅子にだらしなく腰掛けている。

「あなたねえ、自分の状況を分かってるの？　本名も言わない、住所も言わない。殺人現場にマイナスドライバーを持って侵入しておきながら、侵入した理由も言わないって。それで殺していませんって言われても、信じられないでしょ」

「でも本当に殺してないんですもん」

「じゃあ、どうして何も言えないのか教えてちょうだい」

武田は大げさに腕を組んで首をかしげた。「家庭の事情ってやつ？」

その呑気《のんき》な物言いに腹が立ってきた。

名前も住所も不明なら、間もなく逮捕されてしまう。

逮捕されれば連日の厳しい取調べが続く。正直に話せば許してもらえるだろうなどと思ってはいけない。ずっと黙っていようと考えるのも甘すぎる。あの手この手で口を割らせようとする警察官に対して、素人が適切に対応することはまず不可能だ。いつの間にか自分に不利な供述をしてしまう。

裁判になってから供述を変えても意味がない。供述というのは一貫性があって初めて信用される。裁判での供述は信用性が認められず、警察や検察での供述調書をもとに事実認定が進み、判決が出る。

これで殺人の冤罪《えんざい》の出来あがりだ。今後十年以上を刑務所で過ごし、出所後も真っ当な職業につきづらくなる。

武田はまだ二十一歳だという。道を踏み外すには早すぎる。

「今日は仕事は休みだったの？」

質問の方向を変えた。

武田はけげんそうな表情を浮かべながらも、「はい」と答えた。

「昨日の夕方から今日の午前零時半まで、どこで何をしていたの？」

「アリバイってやつっすか。別に何も。家でごろごろしたり、近くのコンビニ行ったり、適当にうろついたりしていました」

「電車に乗った記録とか、ＩＣカードに残ってないの？」

「ないっす。電車乗ってないし」

殺害現場のコーヒーテーブルには湯飲みが二つ並んでいた。

零時を回るような時間帯に来客があるとも思えない。夕方か、遅くとも夜九時や十時の話だろう。そのくらいの時間帯にアリバイがあればよいのだが、何度きいても具体的な話は出てこない。

話をきけばきくほど、武田が真犯人なのではないかと思えてくる。

「あのさ、本名と住所だけでも話したほうがいいわよ。このままだと逃亡の恐れがあると判断されて逮捕されてしまうし、心証も悪くなる。あなたが勤めているホストクラブにもきき込みが行われるんだから、どうせ本名も住所もバレるわよ」

「ホストクラブには偽名と嘘《うそ》の住所言ってあるんで、大丈夫っす」

　武田はひょうひょうと言った。

　呆れてため息が出る。

　状況を分かっていなくて堂々としているのか、抜け目がないから落ち着いているのか判断がつかない。

「でも同僚に話した内容からある程度推測できたり――」

　頭の中で何かが引っかかって、話すのをやめた。

　武田の話から分かる気がする。

「ああ、そっか」

　思いつくと同時に言葉が漏れた。

「どうせ住所はすぐにバレるわよ。あなた、進藤不動産からそう遠くないところに住んでるでしょ」

　武田はぎょっとした顔でこちらを見た。図星だったらしい。

「侵入前の時間帯に電車に乗ってないわけだから、進藤不動産まで歩いて行ったんじゃないの。家から進藤不動産まで歩ける距離だというわけだ。殺害現場の進藤不動産の周辺は警察がきき込みをするはず。あなた、それだけ目立つ格好しているんだから、近所の人が『あそこの家の人だ』って話すに決まっているわ。住所が特定されて、表札や不動産登記情報をたどれば本名だって割れる」

鞄からメモ帳とペンを出して、武田の前に置いた。

「ほら、どうせ警察にバレることは先に話したほうがいいわよ」

武田はあごに手をあて、数分考え込んでいた。

じっと武田を待ったが、沈黙が続くと急に眠気がきた。まぶたを開けているだけで精いっぱいだ。見ず知らずの他人のために、何が嬉《うれ》しくて徹夜しているのだろう。刑事弁護はどうせ金にならない。全くもってやっていられない。

もし武田が本名と住所を言わなかったら、この案件は降りようと思った。どうせ国選弁護人がつくのだ。私がやらなくても誰かが武田を助けてくれる。

沈黙が続いた。壁に掛かった時計の秒針が動く音だけが部屋に響いた。とうとうまぶたが重くなってきた。

もうこのままでは寝てしまうと思ったそのとき、武田が腕を伸ばした。

ボールペンを手に取り、メモ帳に文字を書きつけた。

『黒丑《くろうし》　益也《ますや》、東京都新宿区百人町……』

小学校の先生が黒板に書くような美しい字が並んでいる。本人の見た目とのギャップに面食らった。今はこんな仕上がりだが、幼少期に習字でもやっていたのだろうか。

「えっと、これは、クロウシさんと呼べばいいの？」

黒丑は不貞腐《ふてくさ》れた顔でうなずいた。

「クロウシマスヤ。最悪でしょ、ネタみたいで本当この名前嫌なんすよ。苦労するって言われているみたいで」

クロウシマスヤ、苦労しますや。

本人は深刻そうな顔をしているが、私はずっこけそうだった。こんなことを気にして本名を名乗らずにいたのだろうか。本名を名乗るのが精神的に苦痛だとしても、逮捕されるリスクと比べると話にならない。

私はため息をついた。

これだから一般人相手の仕事は嫌なんだ。

依頼人特有のこだわりがあって合理的に動かない。話を一つ進めるのに、いちいち押したり引いたりしなくてはいけない。

「本名と住所は警察にも伝えるわよ。出頭要請には応じること。その代わり逮捕しないように交渉するから」

黒丑は大人しくうなずいて、「お願いします」と頭をさげた。

受付で橘を呼び出し、事情を説明した。十分ほど押し問答を行ったが、橘も納得してくれたようだ。ただし、警察官が黒丑を家まで送り届け、実際に家があることを確認させてほしいという。嘘の住所を伝える人もいるらしい。

「これ以上譲歩できませんよ」

ずっと柔和な口調だった橘がきっぱりと言った。

黒丑の身柄を拘束する根拠は何もないのだし、譲歩などと言われる筋合いはない。とはいえ、逮捕状を請求されると厄介だから、橘の方針に従うことにした。


連れ立って黒丑の自宅についたのは午前四時半のことだった。新宿署の若手、服部《はっとり》巡査長がパトカーを運転した。

外はうっすらと明るくなりかけている。

黒丑の自宅は古びた平屋だった。曲がりくねった細い路地に面している。敷地の左三分の二には建物があり、右三分の一は庭だ。

庭は砂利敷きになっていたが、一筋だけ獣道のように踏みならした跡がある。スマートフォンのライトで照らすと、塀の一部が壊れて向こう側の民家の庭が見えている。

私たちの視線に気づいたのか、黒丑が説明した。

「塀の向こう側の家が犬を飼っていて、散歩道になっているんですよ。ここを通ればショートカットになるし、庭でおしっこするのが習慣になってるみたいですから」

黒丑は玄関の引き戸を開けた。玄関の内側にあるらしい電気のスイッチを、中指の関節で器用に押す。中の電灯がぽっとついた。

「じゃ、もういっすか。俺、寝ますけど」

うなずく橘を確認して、黒丑は家の中に入っていった。

「私もこれで失礼します」

私は橘に言うと、来た道を戻り始めた。

大通りに出てタクシーをつかまえるつもりだった。

「ちょっとちょっとお、剣持先生」

後ろから橘の声がして振り返る。

「このあたりタクシー来ませんよ。送っていきましょうか。ねっ」

路肩にとめたパトカーを指さした。運転席には服部巡査長が座っている。

服部は人のよさそうな丸顔を窓からのぞかせ、橘に言った。

「パトカーを勝手に使ったら、課長にまた怒られますよ」

「課長は怒るのが生き甲斐《がい》だからね。僕たちは課長の暮らしに刺激と彩りを添えているのだよ。だいたいさ、捜査に協力してくれた市民をこんな夜中に道端に放り出すなんてひどいでしょ」

こんな夜中に呼び出す時点でひどいと思ったが、話がややこしくなりそうなので口を出さずにいた。橘はさっさと助手席に乗り込んだ。

「で、どこでおろせばいいですか？」

私は後部座席に乗り込みながら、山田川村・津々井法律事務所の場所を告げた。

助手席の橘が振り返って私の顔をまじまじと見た。

「これから事務所に戻って仕事するんですか?」

ムッとしながら答える。

「仕方ないじゃない。あなたたちに呼ばれて時間くってたんだから」

「へええ、弁護士って大変なんですねえ」

いかにも他人事という感じで橘は言った。

車がなめらかに走り出す。私は斜め後ろから橘をじっと見た。ただで乗せてくれるわけではないだろう。黒丑とどんなやり取りをしたか、私からきき出したいはずだ。

案の定、橘は後部座席を振り返り、口を開いた。

「黒丑さんは、どうして進藤不動産に忍び込んだのでしょう?」

「さあ、知りません。私もきいていませんよ」

「弁護士なのに?」

ぎょろっとした目を私に向ける。

「そりゃそうですよ。今日初めて会った依頼人ですもん」

「実はね、こんなものが現場から出てきたんですよ」

橘は鞄からクリアファイルを取り出し、その中に収められた数枚の写真のうち一枚を寄こした。スマートフォンの画面を近づけて照らし見ると、黒っぽい粉のようなものが写されている。

「紙を焼いた跡が微量ながら現場に残されていました。進藤の机の上にはＡ４サイズの茶封筒が残されています。閉じ口には折り目がついているし、使用感のある封筒です。が、中身は空でした。この封筒の中に入っていた書類を燃やしたのではないかと思われます」

「犯人が燃やしたってこと？」

「黒丑さんが、です。黒丑さんはライターを持っていました。さらに、今さっき入った情報によると、黒丑さんが住んでいる建物と土地、登記上は進藤さんの所有物らしいです。このあたりは再開発の話が進んでいる。借金を抱えた進藤さんは、あの家を取り壊して、土地を売ってしまいたい。けれども黒丑さんが住み着いている。どうですか、揉め事の匂いがしませんか？」

　橘はにやりと笑った。

　黒丑と進藤の間にはトラブルがあった。黒丑は進藤を殺害し、消し去りたい書類を燃やした。橘はそう考えているのだろう。

「でも、黒丑さんはどうして警察に通報したんですか？　殺人犯ならそのまま逃げたほうがよかったでしょう。監視カメラもないし、指紋も残していないのだとしたら、すぐに逃げたほうがいい。自ら警察に通報している時点で、黒丑さんは犯人ではないと思いますよ」

「もちろん、黒丑さんが犯人だなんて、僕は一言も言ってませんよ」

橘が取り繕うように言った。だが、黒丑を疑っていることが透けて見える。

「黒丑さんへの事情聴取、今後も続けるつもりですか?」

「最重要の参考人ですからねえ、お話はきかないと」

「彼、何も話さないと思いますよ。今日だって何も話さなかったでしょう」

これはただのけん制にすぎなかった。

実際のところ、何日も事情聴取が続けば、ぽろりと話してしまう人が多い。黒丑がどれだけ耐えられるかは分からない。

「さあねえ、人間、追い詰められると、どういう行動をとるか分かりませんよ。おっと……現場から電話だ」

橘はスマートフォンを取り出すと、耳にあて、低い声で「すぐに行く」と言って切った。

「急ぎ、黒丑さんの家に戻って」

厳しい口調で服部に言った。

「剣持先生、送っていく予定でしたが、少々お付き合いください。緊急のようですから」

「何かあったんですか？」

「黒丑さんが不審な動きをしているみたいです。午前五時前、しかもこの雨の中で庭に出て、穴を掘っているようだ。一体何してるんだろ、ふっふっふ」

橘は笑いがこらえきれないといった感じで、両手で口を押さえた。

「黒丑さんの家には見張りがついていたのね」

橘の手際に感心した。黒丑を送っていくといって時間を稼ぎ、先に捜査員を張り込ませていたのだろう。

「当然ですよ。これでも僕は新宿署の出世頭ですからねえ。その僕が当番の夜に殺人事件が起こったんだ。捜査本部が設置される前に解決してやりますよ」

橘はきざな笑みを浮かべたが、私は何の反応も返せなかった。ちょうどあくびをしていたのだ。

「もう眠いわ。とにかく早く済ませましょう」

4

パトカーに積まれた懐中電灯を一つ借りて、路地の手前でおりた。

パトカーの中にいてもいいと言われたので、中で寝ていようかとも思った。だが、依頼人が逮捕されるかもしれない状況で、弁護人が寝ているわけにもいかないだろう。駆け足で路地を進む橘と服部の後ろに、私もぴったりとついていった。小雨が降っていたが、傘をさす余裕はなかった。ウールのスーツが水を吸って、じっとりと肌に張りついてくる。不快な重みだった。

黒丑の家に近づき、懐中電灯で庭を照らす。光に反応して、黒丑がこちらを見た。ずぶ濡れで、手にはスコップが握られている。洒落《しゃれ》たナイキのスニーカーは泥でぐずぐずに汚れていた。

「何してるっ」

橘と私が同時に叫んでいた。黒丑は観念したようにスコップを放り出して、その場に尻もちをついた。

「自分の家の庭を掘ってるだけっす。ほんと、それだけ」

内容とは裏腹に投げやりな口調だ。

尻の横に両手をついて天を見上げている。

「何なんだよ。何がしたかったんだよ、親父……」

そうつぶやくと、そのまま仰向《あおむ》けに倒れて目をつぶった。

時刻は午前五時半。シャワーを浴びて落ち着いた黒丑がぽつりぽつりと話しはじめた。

「あそこに何があるのかは、知りません。でも何か悪いものが埋まってるんじゃないかと思っていました。例えば、死体とか」

私たちは八畳ほどの居間に通されていた。掃除は行き届いていたが、何年も畳を替えていないようで、ところどころに赤っぽい染みができている。

応援の捜査員が駆けつけ、庭では捜索活動が始まっていた。

「死体はあがってないようですよ」

橘の目が光った。

この状況を面白がっているようにも見える。

「どうして死体があると思ったんですか？」

黒丑は首をかしげた。

「いや、何となくっていうか……うちの親父、ヤバい奴だから。人ひとりくらい殺してるかもって思って。あと親父は家を出てどっかに行っちゃったんですけど、そのとき、庭をそのままにしておけと言われたから。あー、庭に、ヤバいもの埋まってるんだろうなーって」

「それにしても、死体とはまた突飛な？」

橘が身を乗り出す。

黒丑は言葉を詰まらせた。身体を軽く前後に揺らしている様子から、何か言いにくいことを言おうとしているのは伝わってきた。助け船を出さずに待っていると、急にふっと口元に笑みを浮かべて言った。

「アジサイですよ。隣の家のアジサイ。うちの庭の近くの株だけ赤い花をつけて、向こう側の株は青紫色の花をつけている。うちの庭の土の成分が影響しているんじゃないかと思って。アジサイって、土の成分によって花の色が変わるんでしょ」

黒丑は父が人を殺して、庭に死体を埋めたのだと推測した。黒丑の父の人となりはよく分からない。だが黒丑の主観的には、人を殺してもおかしくない奴なのだという。

家を立退き、再開発事業のために庭を掘り起こされたら、死体が見つかってしまう。家から立退くわけにはいかないと考えた。

「それで、賃貸借契約書をライターで焼いたわけ?」

私がきくと、黒丑は素直にうなずいた。

自分の家だと信じて疑わずに二十年以上住み続けたのなら、その家を時効取得する可能性はある。

進藤との間に賃貸借があったのかは調べてみないと分からない。もし賃貸借があったとすると、取得時効は成立しない方向に大きくかたむいてしまう。

取得時効が成立するためには「自分のものだと思って」家に住み続ける必要があるからだ。賃貸だと知っていたとか、あるいは気づくべき状況にあったとすると、取得時効は成立しない可能性が高い。

さいわい、黒丑にとって不利な証拠は賃貸借契約書だけだ。賃貸借契約書さえ処分してしまえば、時効取得の主張がしやすくなると考えたのだろう。

「最初は契約書を盗もうと思って、進藤不動産に忍び込んだんです。だけど、俺が行ったときには進藤さんは殺されていた。慌てて警察に電話をして、警察を待っているとき、ふと、机の上の茶封筒に気づきました。見覚えのある封筒でした。中をのぞくと、賃貸借契約書が入っていた。本当は契約書を持ってその場を立ち去りたかったけど、もうすぐ警察が来てしまうし……ポケットに隠し持っていても、どうせバレるでしょ。だからとっさに、ライターで焼いたんです。外は雨が降っていて、空気は湿っていたから、焦げくさい臭いも立たずにすんだし、焼いた跡は外に捨てたと思ったんですけど。痕跡は残ってたんですねえ」

「ふっふっふっ。君たち素人が思うより、警察の科学捜査は進んでいるんだよ」

橘が誇らしげに割り込んだ。

黒丑が顔を青くした。

「でも、俺は殺してないですよ。俺が現場に行ったときには死んでいた」

うかがうように私を見ている。

信じてくれるだろうか、と疑っている目だ。

「分かってるわよ。あなた、やってないんでしょ」

こういったやりとりも板についてきた。

一見不合理に見える依頼人の話も、よくきいていくと理にかなったことを言っていることもある。少なくとも、彼ら彼女らなりには整合性がとれているのだ。

「進藤さんはここの土地建物を二十年以上放置してたわけだ。固定資産税なんか取られていたはずなのに。おそらく小さい土地を沢山持っていて、管理が行きわたっていなかったのよ。競輪に熱中して仕事をおろそかにしていたようだし。再開発の話が持ちあがって初めて、自分の土地で金儲《もう》けができると気づいた。黒丑さんと同じ目にあった人は他にもいるはずよ。固定資産税の記録を見れば、進藤さんが所有する土地は割れる。一人ずつ当たっていけば、真犯人は見つかるんじゃないの」

「そうだといいんですけど」

黒丑は不安そうに眉をひそめて、橘を見た。

「まあ、任せときなさいって。実は僕、犯人の目星はついてるんだ」

橘は頭をかきながら言った。

「黒丑さんの話によると、午前零時半に侵入したとき、進藤不動産の電気はついてなかったんだろう」

　黒丑はうなずいた。

「コーヒーテーブルには湯飲みが二つ置いてあった。客として進藤不動産を訪れた犯人は、進藤さんを殺害したあと、電気を消して帰ったことになる。実際、電気のスイッチからは指紋が二つ検出されたようだ。中身はまだ鑑定中だけど、おそらく一つは進藤さんのもの。そしてもう一つは――」

「えっ、だから、俺じゃないですって」

　黒丑が素っ頓狂な声をあげた。

「侵入したとき店は暗かったんです。最初はスマートフォンのライトを使ったけど、死体を見つけた後に電気をつけた。俺の指紋が残っていたからといって、俺が犯人というわけじゃなくて――」

「分かっているよ」

　なだめるように橘が言った。

「指紋が二つあるときいたとき、進藤さんと黒丑さんだろうと思った。だけど、黒丑さん、電気のスイッチを押すとき、手の甲を向けて指の関節でスイッチを押す癖があるだろ」

　私は橘の顔をまじまじと見た。

目がぐっと離れた顔は、どこか間が抜けた印象を人に与える。

だがその表情は真剣そのものだった。

「ほら。さっきこの家に着いたとき、指の関節で電気のスイッチを押していた。こういうのは癖だからね。あれを見たとき、残されたもう一つの指紋は黒丑さんではないと分かったよ。犯人はうっかりミスをしたんですねえ。電気を消すのって無意識だから。他では指紋を残すまいとしていたのに、逃げるときにパッと指を使って電気消しちゃったんだね。さっき剣持先生が言っていたように、進藤さんの所有物件の関係者から指紋をとって照合していけば、犯人、捕まるんじゃないかな」

橘はおかしくてたまらないとでもいうように、口元を歪めていた。「ふっふっふ……」と息のような笑い声が漏れている。率直に言って気持ち悪かった。

「いやあ、捜査本部が立つ前に、また解決しちゃうのかなあ。『捜査本部潰しの五郎』って言われちゃうかなあ。ねっ、ねっ」

脇で立っている服部に橘は話しかけた。

服部はあいまいにうなずくだけだ。対応に困っているのが見て取れる。橘が警察組織内でどういう扱いを受けているのかは知らないが、厄介者なのは間違いないだろう。

窓からは朝日が差し込み始めている。

もうすぐ朝の六時を回る。

「さっ、私はもう帰りますから」

立ちあがって、居間のすぐ横の縁側を何気なく見た。

縁側越しに庭が見える。砂利が敷かれた細長い庭の中央が乱暴に掘り起こされている。その中には、死体も何もない。

周囲に視線を走らせると、向かって左側のブロック塀の壊れたところから、一匹の犬が顔をのぞかせていた。犬種はよく分からないが、柴犬を黒っぽくしたような、鼻の長い犬だ。雑種なのかもしれない。

目が合った途端、犬は激しく吠え始めた。犬という犬が私を嫌ってくる。私としては全く構わないのだが、犬は犬で律儀に吠え続けている。

「隣の家の犬です。もう老犬で、色々持病もあるのに、久しぶりに元気に吠えているところを見たなあ。鎖につながれているから、入ってはこないっすよ。うちの親父もあの犬だけには優しかった」

黒丑は立ちあがって、縁側に進んだ。自分が掘った穴を見下ろしている。私も何気なく黒丑の後ろについていく。橘と服部は黒丑に近づき、今後の事情聴取の日取りについて説明を始めた。

縁側の隅のほうに一冊の文庫が転がっているのが目についた。

開いたページを下にして置かれている。

近寄って見ると、佐木隆三《さきりゅうぞう》著の『身分帳』という本だ。ページの一部がしわになっている。

几帳面《きちょうめん》に片付けられた部屋の中で、本のしわが異様に思えた。そっと手に取って開かれたページを見ると、ある一行に鉛筆がすっと引かれていた。取り消し線のように、文字の上から線が引かれている。

『薄れゆく記憶の底に一つだけ或る日の母の怒り忘れず』

山川一《やまかわはじめ》という人が詠んだ歌のようだ。見てはいけないものを見た気がして、本をすぐに元に戻した。

「それ、見ましたか」

後ろから声がかかってギョッとした。

振り返ると、黒丑が無表情で立っている。

銀色の髪に朝日が差し込み、透けてしまいそうだ。白い顔がどこか不気味に映った。

陰鬱な印象を打ち消すように、黒丑は破顔した。

「意外っすか？　俺、本読まなそうに見えるっしょ。でも新聞とか読んでますし、意外と活字中毒なんすよ。その本のその歌がね、どうにも忘れられなくて、今朝がた家に帰ってこの本を開いたの。で、その歌を見た瞬間、親父のことを思い出しちゃって。もう死体が出てきてもいいやと思って庭を掘り出したんすよね。勢いって怖いっすねえ」

縁側から向かって正面にはメッシュフェンスが張られている。隣の家との境界線のようだ。メッシュフェンスの隙間から赤いアジサイが顔を出していた。夜に降った雨粒が朝日に反射して、ガラスのようにきらきらと輝いている。

「ああ、そうか……」

自然と声が漏れた。

「塀の向こうの犬の持病って尿石症？」

「何で分かったんですか」

黒丑が目を丸めた。

「推測しただけよ。尿石症の犬は、アルカリ性の尿を出す。この庭で尿をするのがあの犬の習慣だったんでしょ。アルカリ性の土壌に根を張ったアジサイは赤く咲くのよ。だから、ここの庭に面したアジサイだけ赤くなったんでしょ。死体なんて、最初からないわけだ」

黒丑は茫然とアジサイを見つめていた。手が小さく震えている。

「でもそれじゃ、親父はどうして、庭をそのままにしておけって言ったんだろう」

「そんなの簡単じゃない」

あくびをかみ殺しながら言う。

「あなたの話によると、お父さんは、あの犬を可愛がってたんでしょ」

ブロック塀から顔を出して吠え続ける犬を、私はあごで指し示した。

「ここは犬の散歩道だから、塞がれちゃ困ると思ったんじゃないの」

黒丑は目を見開いて、私の顔をじっと見た。

言葉もないといった様子だ。

「え？　私、変なこと言った？」

黒丑は口元に手をあて、考え込むような表情を浮かべている。黒丑が驚いていることに驚いた。ごく単純な話だ。黒丑の父は犬好きだった。だから犬の散歩道をそのままにしておこうと思った。死体が埋まっているという話よりは、ずっとありそうなことだ。

むしろ黒丑がどうしてそこまで父親を悪者と捉え、死体説に固執していたのかが分からない。だが、人には話さなくても黒丑なりの事情があるのだろう。

「うちの親父は、家族に全然優しくなかったのに、犬には優しかった。俺たちより犬のほうが大事だったんだ」

黒丑は悲しそうにつぶやいた。

「そんなことって、あるんすか？　信じられます？」

すがるような声だった。

返答に困ったが、あえて明るい口調で返した。

「まっ、そういうこともあるんじゃないの」

言いながら、真美のことを思い出していた。

彼氏よりも犬が大事だと言い切った女だ。

「人のこだわりは人それぞれだし、他の人には理解できない動きをする人もいるのよ。庭に死体があるかもっていう考えにあなたがこだわっていたのも、他の人からすると変よ」

「俺、一人でこじらせていたのかなあ」

黒丑はふっと口元をゆるめて笑った。

「とにかく私は帰るわよ」

居間に戻って鞄をつかむ。

服部と話していたはずの橘が近寄ってきた。

「もう帰っちゃうんですかあ？」

「当たり前じゃない。私はこれから仕事なのよ。夜だからたまたま付き合えたけど、昼間はがっつり働いてるんだから。金輪際呼び出さないでちょうだい」

「まあまあ、そんなこと言わずに。またお願いしますよ」

後ろからかかる橘の声を無視して、黒丑の家を後にした。今度は送っていくとも言われなかった。

あくびを繰り返しながら、私は大通りへ出てタクシーをつかまえた。まっすぐ法律事務所に行くよう伝える。

法律事務所と同じビルにスポーツジムが入っている。私は年間会員だ。といってもワークアウトをするわけではない。徹夜明けにシャワーを使うためだけに契約しているのだ。今日もシャワーを浴びて、そのまま働くことになるだろう。

体力に自信はあるから多少の徹夜は平気だ。

だが、タダ働きだけは絶対嫌だ。

「今日のぶんの報酬は後から請求してやるんだから」

小さく独りごちると、その瞬間に携帯電話が鳴った。

「湾岸警察署ですが」

「何よ、もう用件は済んだでしょ」反射的に答えた。

「ええっと、湾岸警察署ですが、こちらに留置している盛田《もりた》真美さんの件で……」

ああ、そっちか、と腑《ふ》に落ちた。

彼氏と喧嘩して湾岸線を爆走したすえ、酒気帯び運転で捕まった女だ。酒は飲んでおらず、奈良漬けを大量に食べたと弁解している。

「盛田真美さんの自宅から、大量の奈良漬けが見つかったのですが。何かご存じです

「か？」

「大量の奈良漬け。本当だったんだ、あの女の言っていたことは」

私は頭を抱えた。

だから一般人相手の仕事は嫌なんだ。

人のこだわりは分からない。どうか依頼人、合理的に動いてくれよ。

彼氏と喧嘩した末に、勢いで奈良漬けを大量に食べる女がいるのか。いや、実際にいるのだから困ってしまう。

「報酬は絶対もらうんだから。ただ働きは嫌よ」

呪文のように小声で繰り返した。

窓から差し込む日差しがまぶしい。

長い夜が明け、今日も一日が始まる。

第二話　手練手管を使う者は

1

その男には前から目をつけていた。ホストの後輩、武田信玄である。

信玄は千鳥足でバーに入ってきて、「ちわーっす」と言いながらカウンター席に座った。

脱色を重ねた銀髪は、いかにも今風の若者という感じだ。

俺の世代からすると、どうして金髪にしないのか疑問である。色白でさっぱりした顔なのもなんだか物足りない。日焼けしていたほうが男っぽくていいじゃないか。

信玄というのはもちろん源氏名だ。本名は知らない。本人がどうしても教えたがらないからだ。素性もよく分からない。思いのほか口が堅いのだ。

だが、店のことや客のことになると、ペラペラと何でも話してくれる。根がしゃべり好きなのだろう。俺の情報源の一つだった。

信玄がバーに入ってきた瞬間、今日のネタは何だろうかと期待した。親しげに「よう」と声をかけた。

「どう、最近。何か面白いことあった?」

「どうもどうも。最近、もう色々とありまくりですよ」

信玄は左右にゆらゆらと揺れながら、にやりと笑った。機嫌はよさそうだ。

「俺、マジやばいことになったんす。このあいだ、殺人事件の容疑者になりかけちゃって。マジ危なかったっす」

目だけが妙に据わっている。元々酒だけはべらぼうに強い奴だ。これほど酔っているということは、すでに相当飲んできたのだろう。

そうか、もう締め日近くだ。

信玄は客への追い込みが甘いときく。売掛金も使わないというし、女から搾《しぼ》り取ろうという意欲が薄いのだ。自分で大酒を飲まないと売上をあげられないタイプのホストだ。一生懸命飲んで、ベロベロになったのだろう。

信玄はまだ飲めると言っている。すかさず俺は酒をおごった。

「詳しくきかせてくれよ」

「えー、あんまり人に教えたくないんだけどなあ。ここだけの秘密っすよ」

もったいぶったわりに信玄は饒舌《じょうぜつ》だった。

自らが巻き込まれた殺人事件のこと、駆けつけた女性弁護士がどのようにして助けてくれたのかを、身振り手振りを交えながら話した。

話を大げさにしている部分もあるだろう。だが、その弁護士が優秀だというのは伝わってきた。

「うん、本当に剣持先生はすごいっすよ。でも、お金にうるさいというか……あっ、やべっ。俺、まだ報酬を払ってないんだった。殺されるかもしれない」

「ははは、その弁護士なら、お前を殺しても無罪になれるかもな」

軽く言うと、信玄は首をかしげた。

「どういうことすか？」

「知らないのか？　刑事事件ってのはな、立証のハードルが結構高いんだ」

俺が声をひそめて言うと、信玄は身を乗り出した。

「何となくきいたことはありますけど。そうなんですか」

「うん。まず間違いなくこの人が犯人だというところまで立証しなきゃいけない。他にも犯人がいるかもしれないと思わせる状況と、優秀な弁護士がいたら切り抜けられることもある。えっ？　俺は前科ないよ。ほんとほんと」

信玄は何が面白かったのか、けらけらと笑い出した。笑い上戸は扱いやすい。

いい情報をきき出せた。酒の一杯や二杯は安いもんだ。計画のための駒がそろいつつある。

「おい、もう一杯飲むか？」

にやけきった信玄の顔を見ながら、優しく声をかけた。

2

「お金がないってどういうことよ」

私は脚を組んで黒丑を見下ろした。黒丑は「このとおり」と頭を床につけた。いわゆる土下座である。

黒丑は「武田信玄」というふざけた源氏名でホストをしている。銀髪に整った顔、韓流アイドルみたいなひょろっとした若者である。

時刻は午前一時過ぎ。歌舞伎町にある古い喫茶店は賑《にぎ》わっていた。どのテーブルでも、薄着の女が黒いスーツ姿の男と話している。水商売のスカウトや引き抜き交渉に使われる店のようだ。

若い男が土下座をしたところで、騒ぎになることもない。他の客たちは一瞥《いちべつ》を与えるとすぐに自分たちの会話に戻った。

「金を用意したから取りに来てほしいと言ったのはあなたなのよ」

殺人容疑をかけられた黒丑のために働いたのは、先月、六月半ばのことだ。

事件は一晩でカタがつき、犯人が逮捕された。だが黒丑への事情聴取は続いたし、供述調書はとられることになった。調書の内容を確認したり、こちらから追加で書証を提出したり、弁護人としての業務は細々と発生したのだった。

黒丑は殺害現場に侵入したうえ、書類の一部をライターで焼いている。不法侵入や器物損壊の罪に問われてもおかしくなかった。事件全体からすると微々たるものだと主張する書面を出したり、黒丑に反省文を書かせて検察に提出したり、色々と手を尽くしてやった。そのおかげで、いずれの行為についても不起訴処分を勝ち取ったのだ。

それなのに、一カ月以上経った今でも、弁護士報酬が支払われていない。

とんだ恩知らずである。

もう七月下旬、世の中の小学生たちが夏休みに入るころだ。アスファルトの容赦ない照り返しで熱中症患者が続出する季節になっている。

イライラしながら、ストローでアイスコーヒーの氷をかき混ぜた。店内は冷房が効きすぎている。ホットコーヒーにしておけばよかった。

「先生、こんな時間にコーヒー飲んで大丈夫なんですか？」

黒丑は両手を床につけたまま、顔だけあげた。

呑気な質問に、さらに腹が立った。

「あのね、私はすでにカフェインが効かない身体になっているの。なんでか分かる？あんたみたいにメチャクチャなことで呼び出すクライアントがいて、徹夜続きの日々を送っているからよ」

この日の夕方、黒丑が突然電話を寄こしてきた。報酬を用意できたというのだ。黒丑の勤めるホストクラブの給料日らしい。

私はちょうど西新宿でクライアントと会食をしていた。三次会まで終わらせて、クライアントをタクシーに乗せたあと、歌舞伎町に向かった。黒丑から指定された喫茶店に来たらこの有り様だ。

昨晩は三時間しか寝ていない。この日ばかりは会食から直帰してぐっすり寝ようと思っていたのに。無駄足を踏まされたことが腹立たしい。床に這《は》いつくばっている黒丑の姿を見ていると、情けなさがこみあげて、追い打ちをかけたくなる。

「お金がないなら連絡してこないでちょうだい」

「ごめんなさいってば」

黒丑が甘えるように言って、再び額を床につけた。

甘ったれた口調がもう本当に腹立たしい。可愛く言えば許されると思うなよと言ってやりたいが、私の理性がぎりぎり暴言を抑えた。

黒丑は黒スーツの下にワインレッドのシャツを着ていた。ホストクラブでの仕事着なのだろう。

似合っているが、子供の七五三のようだ。精いっぱい背伸びして虚勢を張っている。虚勢には虚勢なりの独特な輝きがあるが、幼い印象は捨てきれない。

私は普段から、スーツを着て働く大人の男たちに囲まれている。そういった男たちと比べると、黒丑のスーツ姿はどうしても安っぽく映る。

髪の毛はつんつんと外に跳ねていた。仕事用のセットなのだろう。銀髪なのもあいまってハリネズミのように見えた。

「お金、さっきまであったんですよ。でも店に出勤して退勤するころには、給料袋がなくなっていて」

黒丑は顔をあげて言った。「店で泥棒があったんです。信じてください」

眉頭をきゅっと近づけて、深刻そうな表情をしている。素なのかもしれない。が、わざとらしい表情のせいで、どこまで信じていいか分からない。

「盗られたなら、取り返してきなさいよ」

「えっ？」黒丑は驚いたような声をあげた。

「取り返すって、犯人から？」

「当たり前じゃない。きっと犯人はホストクラブの同僚でしょ」

「なんで分かるんすか」

いつの間にか黒丑は身体を起こして、正面の椅子に座った。

もう土下座は終わりかよと思ったが、別に土下座してもらいたいわけじゃない。土下座は一円にもならないのだ。

「だって、さっきあなた『店で泥棒があった』って言ったじゃない。普通は『店に泥棒が入った』って言うわよ。何か心当たりがあるんじゃないの？」

黒丑は銀髪の毛先をねじりながら微笑《ほほえ》んだ。

すっきりとした口元にえくぼが小さくできた。

「剣持先生って、人の話をきいていなさそうで、ちゃんときいているもんだなあ」

腕を組んだまま何も答えなかった。軽口を交わすためにやってきたわけじゃない。ただでさえ睡眠不足でこっちは機嫌が悪いのだ。

「ホストクラブでは盗難事件がけっこう頻繁に起きるんですよ。体験入店した奴が他のホストの財布を盗ったりね。このあいだの窃盗犯は有名私大に通う大学生でしたよ。お金持ってそうな奴だったけどな」

「窃盗をする人がお金目当てとは限らないのよ」

「そんなメチャクチャなことありますか」

「あるのよ」

刑事事件をみていると、よく遭遇することだ。

金が欲しくて窃盗に走る人が大半だ。けれども、ストレスがたまったから、むしゃくしゃしたからという理由で窃盗をする人もいる。痴漢や盗撮といった性犯罪も同様だ。動機をきくと、仕事で嫌なことがあったから、といったものが結構出てくる。

「ルールを破るだけでストレス解消になるのよ。だからストレスがたまると、意味もなくルールを破りたくなる。チーターズ・ハイって知らない？　嘘をついて人をだますと高揚感を味わえるそうよ。あなたが今、高揚感を味わっていないことを祈るばかりね」

嫌味を言うと、黒丑は両肘を机について、合掌のようなポーズをとった。

「僕の話は本当ですってぇ」

その言い方もわざとらしくて、しゃくにさわる。

「今日は仕事の前に売上ミーティングってのがあったんです。月の売上ランキングを発表しながら、給料を手渡しするイベント。今どき珍しい現金払いですよ。給料袋はロッカーに入れておきます。一応ロッカールームに鍵はかかりますが、鍵は事務所に置いてあって従業員なら誰でも使えるようになっています」

「防犯カメラは？」

「事務所にはありますよ。ロッカールームにはなかったはずです。着替えをすることもあるから」

「それじゃ、事務所の防犯カメラを確認すれば分かるわね」

「いやあ、どうかなあ。バレット型って分かります？　いかにも防犯カメラですという感じで、天井からにょきっと細長いカメラが吊《つ》るされているタイプの防犯カメラ。

事務所にあるのはそのタイプなんですよ。死角が大きいうえにバレバレだから、死角を通って近づいて布をかぶせたら、無効化できちゃいますよ。レコーダーやモニターとケーブルでつながれているタイプだから、ケーブルをちょきんと切られたらおしまいだし」

黒丑はグッチのボストンバッグに手を入れて紙きれの束を取り出した。

「そういうわけでお金はありませんが、よかったらこれ」

差し出された紙きれを一枚手に取って見ると、「三十分サービス券」と書いてある。

「うちの店のサービス券です。十枚あるから、五万円分くらいの価値はあって――」

「いらないわよ」

ぴしゃりと言うと、黒丑はおびえたように身を縮めた。

「でも何もないよりは――」

「サービス券だなんて、ふざけたもの寄こさないで。私が欲しいのは日本銀行券だけよ」

腕時計を見ると、もう午前二時前である。今から自宅に帰れば五時間弱は寝られる。

鞄を引き寄せながらちらりと黒丑を見ると、左手にロレックスの腕時計をはめていた。

「腕時計、売りなさいよ」

「えっ」黒丑は左手をかばうように引っ込めた。

「あなたの財布もヴィトンでしょ。バッグはグッチ。そこらへんのものを売って、お金を作りなさい」

「そんな、ひどいと思いませんか」

「他人にただ働きさせといて、自分はぜいたくな暮らしをしているほうがひどいわよ。一円もまけてやらないんだから」

　黒丑の件は、報酬目当てで働いたわけではなかった。警察の対応に腹が立っただけだ。だが働いた以上は報酬を払ってほしい。

　世の中の人はそんなことも分からないのだろうか。

　無償で働く優しい人になんか、なりたくない。

　困っているから、お金がないから助けてくれと言ってくる人たち。その図々しさに虫唾《むしず》が走る。力を持っている者には何を言ってもいいと思っているのだ。弱者の脅迫、大嫌いだ。脅迫に応じる心優しい人たちのことも嫌い。そういう人がいるから、真っ当な商売をしている者の肩身が狭くなる。

　黒丑は当惑したように髪をかき上げた。

　まだ二十一歳だが、母とは死別し、父とも離れて暮らしている。この年で自活しているのだから、立派なほうだろう。だけど同情して優しくしてやったりしない。自分の足で立って、対等な取引ができるようになったら相手にしてやってもいい。

「こんなに汚れてちゃ、売れませんよ」

黒丑はヴィトンの長財布を取り出して、目の前でふった。ズボンの後ろポケットに入れ続けたせいで、形が歪んでいる。

「お金なあ。俺の売上がもうちょっとあったらいいんですけど。俺、売れないんですよ」

情けない黒丑の声にかぶさるように、机の上のスマートフォンが鳴りだした。片手で謝るしぐさをして、黒丑は電話をとる。しばらく黙って話をきいていた黒丑は、ぼそりと言った。

「……マジっすか、ヤバいじゃないすか」

声が震えている。

「うん、今から行きます。ちょうど弁護士の先生も一緒にいるから」

電話を切って、うかがうようにこちらを見た。

「あのう……。お忙しいところ恐縮なんですが、殺人事件です。このままじゃ、俺の先輩ホストが犯人にされてしまいます」

ほら、また出た。

反射的に身構え、あえて素っ気なく言った。

「私はもう帰るわよ」

黒丑のフルネームは黒丑益也だ。くろうしますや、苦労しますや。

この人と一緒にいると、縁起の悪いことを引き寄せてしまうような気がする。

「やらないからね」

念を押しながら立ちあがった。

報酬も払ってくれない相手に割く時間はない。

殺人の容疑をかけられている先輩ホストには、国選弁護人をつければいい。国選弁護人は当たり外れが大きいともきくが、外れたら外れたでドンマイだ。私には関係ない。

「待って、待って」

背中から黒丑の声がかかる。

「その先輩、親が金持ちっすよ」

振り向いて、黒丑をにらみつけた。

「あのね、いくら金持ちだからって、刑事弁護なんて数十万円から数百万円しかもらえないでしょ。そんな小銭のために時間を費やしている暇ないのよ。あなたの場合、成り行きで助けたけど」

「でも、その先輩の親、大きい会社の社長をしてますよ。恩を売っておけば、顧問にしてもらえるかも」

私は動きを止めた。黒丑の表情をじっと見る。きょとんと目を丸めている。嘘をついているようには見えない。

「なんでそれを早く言わないのよ」

黒丑に一歩二歩近づき、立ちあがるようにと指でジェスチャーをした。

「早く、行くわよ」

黒丑はにやっと笑った。


黒丑と連れだって、歌舞伎町から新大久保《しんおおくぼ》のほうへ十分ほど歩いた。

午前二時過ぎだというのに、街中は騒がしい。

あちらこちらで「すげえっ」という男の声や、けたたましい笑い声が響いている。

「マジやばーい」という黄色い声が寝不足の頭にキンキンと響いた。

空気は肌にまとわりつくように粘っこい。真夜中なので気温は下がっているが、湿度が高くて息が詰まりそうだ。長袖のジャケットは早々に脱いでいる。半袖のカットソーに汗がじんわりとにじんだ。

黒丑は雑居ビルの前に立ち止まり、「バー翼《つばさ》」というスタンド式の電飾看板を指さした。

「ここです。地下一階に入ってます」

看板は壁際に寄せられ、電飾の電源は切られている。

店じまいしたあとのように見えた。

視線をあげると、雑居ビルの入り口に防犯カメラが吊ってあるのが目についた。天井から細長い筒が吊るされ、レンズがこちらを向いている。防犯カメラですと主張するようなつくりだ。トラブルを防止するために店の前に設置するには、このくらい分かりやすいものがいいのだろう。

「これがさっき言っていたバレット型の防犯カメラ？」

「そうそう。うちの店の事務所にあるのと形が似てます」

周囲を見渡す。警察が来ている様子はない。

黒丑につづいて地下につながる階段をおりた。

木製の扉を開けると、こぢんまりとしたバーが現れた。

「信玄！」

小柄な男がすがるように駆け寄ってきた。

「こちらが弁護士の先生？」

男がきいた。信玄こと黒丑と、私の顔を交互に見ている。

「弁護士の剣持です」

名刺を差し出すと、男は茫然とした顔のまま受け取った。

華奢《きやしや》な男だった。百七十センチもないくらいだろう。痩せた身体にぴったりとしたスーツを着ている。年齢は定かではないが、黒丑よりは年上、二十代半ばか後半くらいに見える。

ぱっちりとした二重の目と丸い輪郭は、可愛らしい印象だ。年上の女にウケそうだと思った。顔が小さいからスタイルが悪くは見えない。

やはりツンツンと外に跳ねた黒髪をしている。襟足が長い。どうしてホストは皆が皆、こういう髪形をするのだろう。普通の髪形をしているほうがカッコよく見えそうなものだ。

「光秀《みつひで》です」男は軽く頭を下げた。

「光秀って、明智《あけち》光秀？」

「そうです」

最近のホストは漫画のキャラクターや戦国武将から源氏名をとるらしい。

信玄だの光秀、仰々しい名前を若い男の子が名乗るだけでこそばゆい。そんな男の子たちに対して、大金をつぎ込むほどの恋心がどうやったら芽生えるのか、不思議でならない。

「俺、酔っぱらって店で寝てたんです。で、起きたら、彼が死んでいて……」

光秀はうつむいた。

私は店内をぐるりと見渡した。二十人も入れないような店だ。

店に入ってすぐのところにはカウンター席がある。店の右半分を占めているようだ。右から横に五つスツールが並んでいる。机の左端にはレジが置かれていて、カウンターの中との出入口も左端にあった。

細長い店のうち左半分にはソファ席が二つある。いずれも四、五人座ればいっぱいになる大きさだ。

男の死体はソファ席の一つで伸びていた。

黒丑と私はおそるおそる近づいて、死体をのぞき込んだ。

派手な銀色のスーツに黒いシャツ。シャツの胸元が赤く濡れていた。

ソファの脇に包丁がころがっている。家庭用の包丁よりも刃渡りが大きい。このバーの厨房《ちゅうぼう》から持ち出したものかもしれない。周囲には血がぬらぬらと溜《た》まっていた。

創傷は左胸に一つだけ。心臓を一突きされたことによる失血死だろう。

男の顔は眠ったように安らかだ。毛先を外側に跳ねさせた派手な金髪をしている。この男もホストだったのだろう。肌の感じを見るかぎり、二十代後半か三十代前半くらいだ。

「先輩の、信長《のぶなが》さんっすね」

黒丑が言った。

知人の無残な姿を直視できないようだ。黒丑はスラックスのポケットに両手を突っ込んだまま、目を伏せている。

私も遺体をこれ以上観察する気になれなかった。

何度見ても慣れないものだ。

「漢気《おとこぎ》のある人で、爆稼ぎしてました。でも、もともとヤンチャなところがあったんすよね。二年くらい前にヤクで捕まって、刑務所に入っていたんですが、最近やっと出所してきたんすよ。今日は出所パーティってことで、店でも盛大に祝ったばっかりだったのに……」

黒丑の声がしぼんでいった。

「俺は信長さんの派閥じゃないから、親しかったわけじゃないすけど。こういう姿になってるのを見るのは、ちょっと……。光秀さんは信長さんの派閥に入っていたから、俺よりさらに親しかったと思いますが」

黒丑は片手で目頭を押さえた。

涙は出ていないが、込み上げるものがあるのだろう。

光秀はカウンターに寄りかかるように立ち尽くしている。顔に血の気はなく、茫然自失という言葉がぴったりだ。

こうして信長、光秀、黒丑と三人のホストを目の前にすると、ホストにも色々なタイプがいるものだと実感した。

信長は――すでに動かなくなっているけれども――大柄でゴツゴツとした男らしい体格をしている。光秀は信長と対照的に可愛い系の濃い目の顔立ちだ。黒丑も光秀と同様に細身だが、背は低くない。すっきりとした冷たい印象の目元をしているから、光秀ほど人懐こい感じは与えない。

「信長って、織田《おだ》信長からとったの？」

「そうっすね」

「じゃあ、光秀が犯人じゃないの」

小さい声で言ったが、黒丑は首をかしげるだけだ。

「なんでそうなるんすか」

教養がない人はこれだから嫌になる。説明するのも馬鹿々々しい。「もう、いいわよ」と言って、光秀のほうを見た。

「お店の人はどうしたの？」

店に入ったときから不審に思っていた。私たち三人以外、ひと気がない。バーなら店長や客がいそうなものだ。

「店長は、信長さんと俺が入店して、少ししたら帰りました。もう店は閉まるところだったんです。俺たちはかなり泥酔していたので、少し休ませてほしいとお願いしました。店長は俺たちの店の元ホストで、先輩だから、前からよくしてもらっていたんです」

「とりあえず警察の到着を待って――」

「まだ警察には通報してません」光秀が私の言葉にかぶせた。

死体を前にして警察に連絡していないとは。

驚いて一瞬固まったが、すぐに「なんでまだなのよ」と絞り出した。

「だって警察に連絡したら、俺が捕まるじゃないですか」

光秀は急にきつい顔になって、私をにらみつけた。

彼の言い分はこうである。

店の仕事は零時過ぎに終わった。すでに二人は泥酔していたらしい。本来なら女性客とともにアフターに繰り出すところだが、この日は違った。信長の出所祝いなのだ。光秀は信長を兄のように慕っていた。信長も光秀を可愛がっていたようだ。

男二人で飲みなおそうと街に繰り出したものの、すでに足取りは怪しい。知り合いの店「バー翼」で一休みしていくことになった。

店長が「もう一時だから俺は帰る」と言って、階段を上がっていった。

「店長、本当に帰ったのか」と信長がつぶやくのをきいたのが最後の記憶だそうだ。そのときまで信長は生きていたということになる。

店のソファで横になると、すぐに眠ってしまった。次に起きたのが午前二時。隣のソファで信長が刺され、息絶えているのを発見した。

後輩の信玄こと黒丑が殺人事件に巻き込まれたとき、弁護士を呼んで容疑を逃れたときいたことがあった。黒丑に電話して、連れてこられたのが私というわけだ。

「警察なんて呼んだら、殺人犯に仕立て上げられちまう。俺、窃盗の前科があるんすよ。それに信長さん、生命保険をかけていて、受取人は俺になっていたはずっす」

「へえ、保険金か」黒丑が低い声で言った。

いつもの軽い調子とは異なる口調にぎょっとして、私は黒丑の顔を見た。表情は読み取れない。つるりとした色白の顔があるだけだ。

「何か?」黒丑は流し目でこちらを見た。

「何でもないけど」光秀のほうへ向きなおった。「信長さんの生命保険、なんであなたが受取人になってるわけ?」

「何年か前、他店のホストに因縁つけられて、一緒に殴り込みに行ったんですよ。信長さんをかばって俺がボコボコにされて、そしたら信長さん、俺に何かあったらお前が保険金を受け取ってくれ、なんて言い始めて……。それとなく周りにきいたら、以前女性客と揉めたときに信長さんは生命保険に入ったらしいんですわ。その女性客を受取人にして。俺はお前に本気だってところを見せて店に通ってもらう一種の営業行為ですね。その女性客と手を切ることができたから、受取人を変えようと思っていたらしい。ちょうどそのタイミングで俺が信長さんを助けたから、俺に受取人を設定してくれたわけです」

「あんたが受取人になってるってこと、他の人も知ってるの?」

「知ってる人もいるかもしれないです。信長さん、口が軽いってか、武勇伝を語りたがるので。これは誰かの罠《わな》ですよ。こんな状況で信長さんが死んだら、俺が疑われるに決まってる。俺を誰かがはめたんです」

「なんでこの場から逃げ出さなかったの?」

「雑居ビルの入り口に防犯カメラがあったでしょ。あれに俺が入っていくのが映ってるはずです。出て行くところも映ってしまう。そもそも店に二人で来たのは店長に見られているし、逃げたってどこまで逃げ切れるか分からない」

「とにかく、警察には連絡するわよ。死体を放っておくわけにもいかないんだから」

光秀は力なくうなずいた。黒丑に目顔で指示を出すと、黒丑はスマートフォンを取り出して、警察に電話をかけた。

「あなたはやってないのよね?」

「やってないです。信じてください」

光秀は目を潤ませて私を見た。本当のことを言っているかは分からない。だが依頼人が言うことは一旦受け入れるほかない。

光秀の話を信じるとすると、犯行時刻は午前一時から二時の一時間だ。

信長と光秀の二人は泥酔して眠っていた。

第三者が二人に近づき、信長を包丁で刺した。

「信長さん、誰かから恨みを買ってないの？」

私がきくと、戻ってきた黒丑がプッと吹き出した。

「そんなの、沢山いますよ。ホストですもん。大金をとられた女性客たちにも恨まれてるでしょ。他店のホストともよく喧嘩しています。あと、信長さんはヤクをやって捕まったでしょ。販売ルートについて口を割っていたら、販売元から制裁を受ける可能性もある」

「販売元ってヤクザってこと？」

黒丑と光秀の両方を見てきくと、二人ともがうなずいた。

ヤクザの関与もありえるとなると、素人にはどうしようもない。警察の到来を待って調べてもらうしかないだろう。

「まっ、大丈夫でしょう。雑居ビルの入り口に防犯カメラがあるから、第三者の侵入があればすぐに確認できるんじゃない」

明るい声で言ったが、黒丑と光秀は不安げに顔を見合わすだけで返事をしなかった。

3

現場を荒らすわけにはいかない。光秀と黒丑を連れて店の外に出て、警察が来るのを路上で待っていた。

蒸し暑い夏の夜だ。繁華街だというのに、どこからともなくヒグラシの鳴き声がきこえてくる。湿った空気にのって、カナカナカナと虫の音が響いた。

「でも、変っすね」黒丑が唐突に言った。

「この店、『バー翼』って夜明けころ、朝の五時か六時くらいまでやってるんですよ。法的にグレーだから表立って営業時間は出していませんが」

黒丑の話によると、「バー翼」はいわゆる「アフターバー」と呼ばれるものらしい。風営法上、ホストクラブの深夜営業は禁止されている。以前は風営法を無視した営業も多かったが、摘発が盛んになった今では、深夜零時ごろに店を閉めることが多い。

深夜零時に外に放り出されても、客もホストも手持無沙汰だ。特に親しい客とアフターバーに移動して飲みなおす。ホストクラブではなく、あくまで個人的な飲み会だから違法ではないという理屈だ。

つまり、アフターバーが繁盛するのは、午前一時くらいからである。

「今夜に限って店を早じまいするのも変っすよね」

黒丑は首をかしげた。

光秀がすかさず「店長、腰が痛いから今日は閉めるって言ってましたけど」と補足する。

「えっ、腰痛って、じいさんじゃないんだから。ない、ない」

黒丑が手を叩いて笑った。

世間知らずの小僧に教えてやらなくてはならない。

「あのね」私は黒丑をにらんだ。「あんたはお気楽に遊んでるから分からないでしょうけど、社会人にとって腰痛ってのは、親より身近な存在なのよ。覚えときなさい」

黒丑はあからさまに「ちぇっ」というような顔をした。

私はそれを無視して、腕時計を見る。

時刻は午前三時少し前だ。

嫌な予感はしていた。嫌な予感は的中するものだ。

やってきた二台のパトカーのうち二台目の助手席から、見覚えのある男がおりてきた。

ぶかぶかの機動隊服を着ている。

橘五郎だ。

先日、黒丑が殺人犯に疑われた事件で新宿署の当直刑事として出てきた。今晩も橘が当直をしているとは限らないのだが、なんとなく橘が来るような気がしていたら、やはり来たのだ。

「あれっ、あれれっ。剣持先生じゃないですか。まっ、どうしたんですか」

なれなれしい言葉遣いで近づいてくる。片手には白い字で「湯」と書かれた紺色のうちわを持って、しきりに手を動かして首元へ風を送っている。

「暑いですねえ。夜になっても全然気温がさがらない。風が吹かないから、じっとり……ああ、夏は嫌なもんですねえ。で、どうして剣持先生がここにいるんですか？」

橘が近づいてくると、いっそう暑苦しく感じた。だが私情は脇において、事の経緯を簡単に説明する。

「なるほど、それで第一発見者の光秀というのが、彼ですね？」

橘は光秀のほうに顔を向けた。光秀が萎縮しきった様子でうなずく。

「彼には後で事情をきくとして、防犯カメラをチェックしましょう。あっ、この雑居ビルのオーナーなら、僕知ってるや」

橘は雑居ビルを見あげて言った。

視線をさげ、「バー翼」の看板を見つめる。

「現場は……地下一階？　ああ、オーナーのじいさんからきいたことある。ずいぶん長いこと家賃を滞納しているから、そろそろ出ていってほしいって、ぼやいていたなあ。このあたりは入居の申込も多いから」

　歌舞伎町一帯の不動産は売りに出ることが少ない。戦後すぐの区画整理で権利を得たのち、代々子孫に相続させている者が多いという。それらのオーナーは歌舞伎町商店街振興組合に入っている者が多く、警察と協力して見回り活動を行うこともある。見回り活動の中で、橘はオーナーと知り合ったという。

「ここのじいさんなら、今の時間帯はゴールデン街で飲んでるはずだから、僕から連絡しておきますよ」

　ひょうひょうとしている橘が、地道な地域防犯活動にも参加しているのは意外に思えた。本人曰《いわ》く、「『捜査本部潰しの五郎』は一日にしてならず、ですよ。ふっふっふ」とのことだ。「捜査本部潰しの五郎」というのは、捜査本部が立ちあがる前に事件を解決してしまうことから付けられた二つ名である。と言いたいところだが、橘が自称しているだけで他の警察官から呼ばれているのを耳にしたことはない。

　橘の話をきき流しながら、胸のうちに違和感が走った。

　一カ月ほど前、黒丑が殺人犯と疑われた事件だ。橘は、「武田信玄と名乗る者が呼んでいる」「ニックネームか偽名だと思う」と電話で言って、私を呼び出した。

　だがこれはおかしい。

新宿署に勤務して、歌舞伎町一帯を管轄している刑事なら、戦国武将の名前がホストの源氏名だと気づかないはずがない。

分かっていたくせに、分からないふりをして私を呼びつけたのだ。

腹が読めない奴だ。

「剣持先生、どうしたんですかあ？　怖い顔して」

とぼけた口調で愛想を振りまきながら、橘は現場保存の指揮をとり始めた。私たちも新宿署に移ることになる。

「この前の面談室でよかったですか？　最近ね、新しいクーラーが入ったんですよ。快適ですから」

夏の午前三時過ぎ、警察署の面談室に連れていかれて快適なわけがない。ため息をついて、警察官のあとに続いた。

警察署についてすぐ、光秀への取調べが始まった。

弁護人として私も同席させるよう強く主張したが、結局は認められなかった。黒丑や私も個別に事情をきかれた。

面談室から出て、待合スペースに戻ると、現場から帰って来たらしい橘が座っていた。

家のソファでテレビを見るように、浅く腰掛けてだらしなく足をのばしている。背もたれのてっぺんに首をのせ、コリをほぐすように頭を左右にふっていた。

「あっ、剣持先生、ちょうどよかった」

私に気づくと、橘は身体をおこして、おいでおいでとうちわで手招きをした。新しい情報が入ったのかもしれない。近づいて、二つ隣の席に座った。

「防犯カメラ、確認したんですよ」

橘は声をひそめて言った。

受付に警察官が一人座っているだけで、周囲には他に誰もいない。声をひそめる必要もないのに、もったいぶった話しかただ。

「誰が映っていたと思います？　ねっ、ねっ、誰でしょう？」

「誰なのよ、さっさと話してください」

あくびをかみ殺しながら返す。

「それがね、誰も映っていなかったんですよ！」

いないいないばあの「ばあ」をするように、橘は顔の前で両手を広げてみせた。うっかり手を離したせいで、うちわが橘の足元に落ちた。「おっと」と言いながら、うちわを拾う。

大げさな動きに腹が立ったが、それ以上に話の内容への驚きが大きかった。

「いいから、もう少し詳しく話してください」

「あれっ、あれっ。あんまり驚かないんですねえ。もしかして、光秀さんから何かきいてました？」

光秀からは何もきいていないし、内心すごく驚いていたが、あいにく驚きが顔に出ないタイプなのだ。

というか、驚くと無表情になる。外側からは驚いているように見えないらしい。

「午前零時三十三分、信長さんと光秀さんが『バー翼』に入店。『バー翼』の店主は、木下雄一郎《きのしたゆういちろう》という三十代の男です。午前一時五分に、店主の木下が店から出て行きました。その際に雑居ビル前の看板の電源を切って、道の隅に寄せた。いわゆる店じまいですね。それから剣持さんたちがやってきたのが午前二時十六分。いいですか、午前一時五分から午前二時十六分までの間、誰もあの雑居ビルに出入りしていないんです。これがどういうことか分かりますか？」

橘はにやりと笑った。

光秀を疑っているのだ。

誰も出入りしていないバーに二人きりという状況で、片方が殺された。犯人はその場にいたもう片方の人間だと考えるのが自然だ。私もそう思う。だが依頼人である光秀が否認している以上、それに反することは何も言えない。

私はしらばっくれた。

「何が言いたいか分かりませんね」

「光秀さんに本当のことを話すよう、説得してはいかがですか？　否認していては裁判で罪が重くなりますよ」

意地悪な言いかただ。

そもそも、否認したら刑罰が重くなる現行の仕組みがおかしいのだ。

取調べの段階から一貫して罪を認めていたら、反省しているとみなされて刑罰が軽くなる傾向がある。他方で、ずっと黙秘していたり、否認したりしていると「反省の情あり」とみなされない結果、罪を認めている案件より刑罰が重くなる。

あっさり罪を認めた真犯人と、本当に身に覚えがないために否認を続けた人では、後者のほうに重い刑罰が科されることがありえるのだ。

ふざけた話である。

憲法第三十八条第一項には「何人も、自己に不利益な供述を強要されない」と書いてある。黙秘権を行使した者を不利益に取り扱ってはならないはずだ。

筋違いなことをしておきながら、それを逆手にとって脅してくるのが腹立たしい。

「そうやって脅かして供述を引っ張らないと、起訴もできないんでしょう？」

挑発的に言い返した。

橘は目を丸めて見つめ返した。

「何をおっしゃる。証拠は充分にありますよ。監視カメラの映像、あなたたちの供述、あと店主の供述もとれれば、光秀以外に犯人はいないと言えます。だって、あの部屋に出入りした人は他に誰もいないんですもの」

一見すると橘の言うことは正しい。

だが、果たして本当にそうなのだろうか。

「橘さん、今の言い方だと凶器の包丁に指紋は残っていなかったんですね？」

うちわをゆらゆらと動かしていた橘の手が止まった。

「だってそうでしょう。指紋が残っていたら、犯人は一発で特定できるはずだから。今の時間で指紋について諦めがついているということは、複数の指紋が残っていて特定が難しいというより、包丁の柄の指紋は全て拭き取られていた。ね、そうでしょう？」

橘は何も答えなかったが、私はそれを肯定と受け取った。

「あの監視カメラは雑居ビルの前についている。雑居ビルの中の他のテナントの人間なら、『バー翼』に出入りできたはずです。あのビルは先ほど封鎖しましたよね。中にいる人間は全員調べてくださいよ」

橘の口元に薄ら笑いが浮かんだ。当然それは調べているという顔だ。それでも光秀を疑っているということは、雑居ビルの他の入居者にはそれぞれアリバイがあるのだろう。

構わず私は続けた。

「さらに言うと、自殺の可能性もあります。他殺の場合、相手の息の根を確実に止めるために、二度、三度と刺すでしょう？　でも今回の場合、たった一回刺して、引き抜いただけです。自殺の可能性は否定できない」

「指紋が残っていないのはどう説明するのですか？」橘は間髪を容れずに指摘した。

「自殺だったら、信長さんの指紋が包丁に残っているはず。ねっ、おかしいでしょ」

指紋のことを指摘されるのは私も予想していた。

落ち着いた口調で言葉を返す。

「信長さんは生命保険に入っていました。受取人は光秀さんです」

光秀がこのことを警察に話しているかどうかは分からない。だが調べれば確実に露見する情報だから、この場で話しても問題ないだろう。

「信長さんに自殺されると、保険金がおりない。他殺に見せかけるために、光秀さんが包丁の指紋を拭き取ったのでしょう」

「なるほど」

橘は考え込むように首をかしげ、頭をかいた。いつものゆるんだ表情は引っ込めて、真剣な顔をしている。数秒黙っていたが、私のほうを見て口を開いた。

「保険には免責期間というのがあって、だいたい加入後一年か二年経つと、自殺による死でも保険金の支払い対象になるんですよ。信長さんは薬物使用で、二年ほど刑務所に入っていたんですってね。それより前に生命保険をかけ、その掛け金が引き落とされ続けていたなら、今はもう免責期間を過ぎている。自殺でも保険金は受け取れる。保険金がおりないから他殺に見せかけた、というのはおかしいでしょう」

「いえ、おかしくありませんよ」

私は笑みを浮かべた。

保険約款によくある条文だ。

このあたりのことで弁護士と言い合って刑事が勝てるわけがない。

「自殺者が違法薬物を使用していた場合は、免責期間が適用されないことが多いんです。信長さんは薬物使用で服役していたんでしょう。その後に自殺した場合、保険金が支払われない可能性があります」

「なるほどねえ」橘は思いのほか素直にうなずいた。

「先生のおっしゃることも、まあ可能性としてはないこともないですねえ。けど、光秀さんが犯人であることを否定する証拠があるわけでもない。依然として彼が一番怪しい容疑者ですよ」

橘は私の顔をじっと見つめた。反論があるなら言ってみろとでもいうような視線だった。

橘と議論をするつもりはなかったが、一応疑問を呈しておく。

「寝ている無抵抗の相手だとしても、胸部を刺したら返り血をあびるはずです。光秀さんの仕事着は全く汚れていませんでした。彼が犯人ではない証拠です」

「さあ、どうでしょう。泥酔して寝込んでいる相手を一刺しするわけですよね、刺しただけでは血は出ません。引き抜くときには血が出ますけど、包丁の柄を紐《ひも》でくくって、遠くから引き抜けば、返り血は浴びずにすみます。紐はトイレにでも流してしまえばいい。いくらでもやりようはありますよ」

橘はそう言い残すと、立ちあがった。

ポケットに片手を突っ込み、もう片方の手でうちわをあおぎながら警察署の奥へと歩いて行った。

橘には色々と反論したが、光秀が無罪だと確信しているわけではなかった。

情報が少なすぎて、どこから考えればいいのかも分からない状態だ。

私は被疑者に呼ばれた弁護士だ。被疑者を守る立場に立つべきだろう。

本来なら取調べに同席するのが一番なのだが、こうして被疑者と引き離されていてはできることもない。ここにいても仕方がないから、帰ってしまってもいいのだが

――。

腕時計を見ると、もう午前五時前だ。今さら帰ったところで寝る時間はほとんどない。疲れで額の奥がじんじんと痛んだ。

「先生、タバコ吸います？」

後ろから声をかけられ、ゆっくりと振り返った。黒丑がタバコの箱を差し出している。今どき珍しい紙タバコだ。

「吸わないわよ」

「じゃ、コーヒーでも買ってきましょうか？」

「カフェインは効かない体質なの」

黒丑はため息をついて、隣に腰かけた。「今回の件、どう思います？」

すぐに答えられることはなかった。

黙って首を横にふった。

「俺は正直、光秀さんが犯人だと思ってますよ。もともと、何考えてるかよく分からない感じの人だし」

黒丑は低い声で言った。「保険金目当ての殺人なんて、最低だ」

あまりにはっきりと言い切ることに驚いた。

確かに光秀は怪しいが、光秀が犯人だと確信できるほどではなかった。

「今日ね、事務室で二人が言い争ってるのをきいたんです。午後三時くらいでした。出勤するにはかなり早い時間だから、内勤スタッフと俺くらいしかいなかったはずです。内勤スタッフはフロアの清掃に出ていました。俺はスマートフォンの充電器をロッカーに忘れてきちゃって、電池が切れそうだったから、早めに出勤したんです」

ロッカールームと事務室は一つの扉でつながっている。ロッカールームの中にいた黒丑は、事務室で言い争う声がしてロッカールームから事務室をのぞき見た。信長と光秀が胸ぐらをつかみ合っていたという。会話は断片的にしかきこえなかった。

だが、「ひどい」「今さら受取人を変えるのか」という言葉ははっきりきこえたという。

「信長さん、新しくできた女に受取人を変えようとしたんじゃないですか」

黒丑は冷ややかに言った。

内勤スタッフの足音が近づいてきて、彼らは手を離した。信長は「また後で話し合おう」と言ったらしい。

「それで、その話し合いが今夜『バー翼』で行われた、ってこと？」

「そうとしか考えられません。だって今日は信長さんの復帰イベントの日だったんですよ。こんな日に客とアフターに行かないで、わざわざ後輩と二人で飲みに行くって、何か話があるからに決まっています」

「でも、信長さんを殺すにしても、あの状況で殺さなくてもいいじゃない。防犯カメラのあるビルの中で二人きりなんだから、すぐに自分が疑われるって分かるでしょ」

「時間がなかったんじゃないですか。翌日には受取人名義を変更すると言われたとか。今日やるしかない、って思うでしょ」

反論したい気持ちもあったが、考えがまとまらなかった。

黒丑の言うことはもっともだ。

現実の犯罪が推理小説のように用意周到に行われることは少ない。たいていの犯人は思いつきで動くし、犯行計画もずさんだ。だからこそ犯人のほとんどは捕まるわけだ。

犯人が計画的か衝動的かでいうと、衝動的に動いている確率が高い。統計的にも、殺人事件で一番多い動機は「憤まん・激情」である。

あらゆる証拠が光秀犯人説を向いているように思えた。

「本人も警察に連れていかれるのは覚悟していたんじゃないすか。きいたことがあるんですが、まずこの人が犯人で間違いないってラインまで立証しないと、刑事事件では有罪にならないんですよね？」

私は黙ってうなずいた。

刑事事件の立証ハードルはかなり高い。

「他に犯人がいる可能性が残っていて、自分さえきっちり黙秘すれば大丈夫と踏んでいるんじゃないですか。もちろん、裁判で勝ち切るためには優秀な弁護人をつける必要がある。だから剣持先生が呼ばれたんですよ」

「警察に連れていかれるのを覚悟でって……保険金目当てにそこまでするものかなあ」

素直な疑問を口にすると、黒丑は苦虫を噛《か》み潰したような顔をした。

「そこが人間心理ってやつですよ。一旦もらえると思っていたもの、自分のものが奪われると、めちゃくちゃ苦痛を感じるんですよ」

確かに「授かり効果」というのをきいたことがある。

自分が所有しているものに高い価値を感じ、手放したくないと思う心理だそうだ。何もないところから保険金を得るために危険を冒す人は少ない。けれども、手に入ったはずの保険金が奪われるのを阻止するためには、よりアグレッシブに動けるものかもしれない。

何か言おうとしたが、すぐに口をつぐんだ。取調室から光秀が出てくるのが見えたからだ。足取りは軽い。私のすぐ前までやってきて、光秀は言った。

「先生、俺、カンモクってのしましたよ。完全黙秘。取調室で一言も話さなかったの」

成果を母親に自慢するような口調だ。

にっこりと笑って続けた。

「俺のこと無罪だって信じて、弁護してくれますよね?」

光秀の笑顔が、急に恐ろしいもののように見えた。

笑って細くなった垂れ目や、口角の上がった三日月状の口元は、お面に入れた切り込みのようだ。

鼓動が激しくなる。

どう対応していいのか分からない。

間合いを詰めてくる光秀から距離をとろうと、一歩後ずさった。

依頼人の話をハナから信じないようなら、弁護士として失格だろう。だが、信じてくれで信じてもらえる世の中なら、弁護士はいらない。

何と答えても依頼人によっては怒るだろう。

迷いながらも、声を絞り出した。

「信じてほしいなら、信じられるように説明してちょうだい」

4

午前五時半を回っていた。

警察署の面談室を借りて、光秀と二人で話した。黒丑も同席したがったが断った。

後輩とはいえ無関係な第三者だ。黒丑がいることで光秀の話にごまかしが入ったりすると面倒である。

光秀の話はおおむね予想通りのものだった。

泥酔して寝ていた。起きたら信長が死んでいた。自分は殺していない。二人きりの空間で相手が死んでいるのだから、自殺ではないかと思った。そこでふと、信長の生命保険の受取人が自分になっていることを思い出した。自殺だと保険金がおりない可能性があると思った。他殺に見せかけるために包丁の柄の指紋を拭き取ったのだという。

「なぜその話を最初にしなかったの？」

「だって」

年甲斐もなく光秀は口をとがらせた。

「正直に話したら、保険金がおりなくなるじゃないですか」

呆れてため息が出た。

殺人犯の疑いがかけられる状況なのだ。保険金目当てで危険を冒している場合ではない。

「そもそも、あなたの親御さんは大きい会社の社長さんで、お金持ちだってきいたんだけど」

「そうですけど」

答える光秀の目には警戒に近い光が宿っていた。ホストクラブで働いているくらいだ。どうせ両親とは確執があるのだろう。

「お金に困ってるわけじゃないでしょ。どうしてそんなに保険金が欲しかったの？」

「親には頼らないって決めてます。三カ月前に四百万円の売掛金が未回収になったんです。太客《ふときゃく》の女が一人、トンヅラして。回収できなかった売掛金はホスト自身が店に払わなくちゃいけない。その返済で、生活費も残らない状況だったから。ここでぽんと保険金が入ったら、一気に売掛金を返済できると思って、魔が差したんすよ」

光秀の話は一応、筋が通っている。信じられないわけではない。

だが真犯人が捕まらないことには、容疑が晴れないだろう。

「一応耳に入れておくけど、『バー翼』が入っている雑居ビルの防犯カメラには、犯行時刻前後に誰も映っていなかったらしいわ。雑居ビル内の人間全員にアリバイがあったら、あなたは相当厳しい立場になる」

光秀の顔はみるみるうちに蒼白《そうはく》になった。もともと顔色は悪かった。けれども、目を見開き、幽霊を見るような目で私を見つめてきたのは初めてである。

「えっ、そんな……ありえないです。『バー翼』の店主、木下さんは、午前一時過ぎごろは雑居ビルの人の出入りが激しいと言っていました。朝までやっている飲み屋が多く入っているから、終電を逃した客がひっきりなしに雑居ビルに吸い込まれていくらしいんです。それなのに、俺がこんなことに巻き込まれた日に限って、客が誰も来ないなんて……」

光秀は頭を抱えた。

「だから警察は強気だったんですね。さっき刑事さんが、今晩中には逮捕状を請求すると言っていました。俺は家に帰れなさそうです」

保険金目当ての殺人は、殺人の中でも特に罪状が重いとみなされる。刑罰が重くなることが予想されるぶん、被疑者が逃亡する可能性も高い。逃亡しないように、警察としては逮捕しておきたいのだろう。逮捕しないよう弁護士から掛け合うこともできるが、今回は分が悪すぎる。通りそうもない。

面談室のドアをノックする音がした。取調べを再開するのだろう。

一時間に一度は休憩を入れるよう申し入れている。次に光秀と話せるのは一時間後、午前六時半ごろだ。

本人は黙秘を貫くと言っている。今のところ黙秘が最善だ。何かを話せば、殺人ではない別の罪──例えば証拠隠滅罪など──で逮捕状をとって、殺人罪の調べを進めるだろうから。それなら何も話さないでいたほうがいい。

面談室から出て、祈るような気持ちで光秀の背中を見送った。

小柄な男だ。ヒールを履いている私と並ぶと、私のほうが大きい。黙秘できると言っていたが、果たしてどうだろうか。

「どうしてそうムキになるんですか」

すぐ横に橘が立っていた。

せせら笑うように言った。

「どうせあの青年が犯人ですよ」

「なんで分かるのよ」

「刑事の勘ってやつですかね」

「数々の冤罪事件を作り出してきた悪名高いファンタジーね」

「じゃあ逆に、どうして彼が無罪だと思うんですか?」

「彼がそう言っているからよ」歩き出しながら言った。「弁護人にとって、それ以上の理由があるの?」

ちらりと振り返ると、橘は呆れたように笑っていた。「ご立派ですね」

説明するのもアホらしくて、何も返さなかった。

ご立派もなにもない。

弁護人としては、他に動きようがないだけだ。

無理な主張だと分かっていても、依頼人が主張したいというなら、主張せざるを得ない。

もちろん依頼人の説得は試みる。何度も打ち合わせを重ねる。小石で壁を削るような途方もない行程だ。

依頼人の意思が固い場合、説得の時間をとっても無駄に終わることが多い。報われない仕事だ。報われない――けれども、意味がないとは思わない。

警察署の自動ドアを出て、自販機の前に立つ。百円玉を押し込んで冷たい缶コーヒーを買った。待合スペースで一気飲みしていると、黒丑があくびをしながら近づいてきた。

「カフェイン、効かないんじゃないんですか」

「効かなくてもいいのよ。飲むことに意味があるんだから」

「なんすかそれ」黒丑が呆れたように笑った。

腹立ちまぎれに空き缶をゴミ箱に向かって投げた。もともとコントロールはいいほうだ。見事にゴミ箱に入って、小さくガッツポーズをする。何の役にも立たない特技である。

「一つ、残念なお知らせがあります」

黒丑がわざとらしく人差し指を立てた。

「店の事務所の防犯カメラのレコーダー、盗まれたみたいです」

「事務所のレコーダー？　何のこと？」

何の話だか見当がつかなかった。

黒丑は呆れたように肩をすくめた。

「忘れたんですか。俺の給料袋が盗まれたんですよ」

「ああ、その話か」

あくびをかみ殺しながら言った。

数時間前のことなのにすっかり頭から抜け落ちていた。

黒丑から報酬を取り立てるために歌舞伎町に来たのだった。ところが、黒丑の給料袋は盗まれた。

給料袋はロッカールームに置いてあったという。ロッカールームには鍵がかかる。鍵が保管されているのは店の事務室だ。店の事務室の防犯カメラを確認すれば、窃盗犯が判明するはずだった。

「事務室にある防犯カメラは、カメラとレコーダーがケーブルでつながっていて、カメラで撮った映像をどんどんレコーダーにためておくんです。映像を確認したいときは、レコーダーとモニターをケーブルでつなげます。ゆうべは機器のセッティングを完了して、さあ映像を確認するぞというときに、厨房でグラスが割れた音がしたらしいんです。厨房に顔を出すと、誰もいなかった。ガラスの破片を放っておくと危ないからすぐに片付けて、事務室に戻ってきたら、ケーブルが切断され、レコーダーが盗まれていたそうです。レコーダーがないから、侵入者の映像ももちろんないです」

額から汗が一筋垂れるのを感じた。

黒丑はひょうひょうと話したが、重大な事実のように思えた。

「ちょっと待って、レコーダーって、普段どこに置いてあるの？」

「さあ、知りません。どっか目立たないところにしまってあるはずです。防犯カメラから伸びているケーブルをたどれば見つかるはずですけど……色んな配線がごちゃごちゃってしているから、場所は分からないなあ」

黒丑はけげんそうな顔をしている。

「それがどうしました？」

「いや……」考えがまとまらず、言葉をにごした。確定的なことはまだ何も言えない。

「レコーダーが盗まれたのって、今日の何時ごろのこと？」

「閉店してすぐだから零時過ぎですって。店で働く人なら誰でも犯行可能な時間です」

「なるほどねえ」

言いながら、頭を抱えた。少しずつ確信が強まってきた。

残念なことだが、真実に近づいている。

自分の中に今回の事件の形がくっきりと浮かびあがり始めた。

「黒丑くん、ちょっと頼まれ事をしてくれない？」

黒丑はぱっと顔をあげた。

待ってましたとばかりに顔を輝かせている。

「そんなに楽しい話じゃないのよ。あなたたちのホストクラブから『バー翼』に向かうまでの道をたどってきてほしいの。きっとそのどこかにレコーダーが捨てられているから」


二十分後には黒丑から電話がかかってきた。

「ありました、レコーダー。紙袋に包まれて、『バー翼』近くの路地裏に捨てられてます」

黒丑からレコーダーがあった場所の住所をきいてメモした。あとで警察官に取りに行ってもらおう。きっとレコーダーには光秀の指紋がべっとりついているはずだ。

「レコーダーを盗んだのは光秀さんね」

黒丑はそこまで予想していなかったらしい。「えっ、そうなんすか」と素直に驚きの声を返してきた。

「レコーダーには事務室で信長さんと光秀さんが言い争う姿が収められている。光秀さんはその映像を回収したかった。でも光秀さんは、レコーダーがどこにあるのか分からない。レコーダーの場所を知るために、給料袋の盗難騒ぎを起こして、内勤スタッフに防犯カメラの映像を確認させたのよ。映像を確認するときに、モニターとレコーダーをケーブルでつなぐわけだから、モニターからのびるケーブルをたどって、レコーダーの置き場所を発見できるでしょ。内勤スタッフの注意を他に引き寄せて、そのすきにレコーダーを盗んだのね」

「ちょ、ちょっと待ってください」

黒丑はうわずった声で言った。

「じゃ、光秀さんは、スタッフに防犯カメラの映像を確認させるために給料袋を盗んだってことですか？」

「そうなるわね。レコーダーを盗るために、レコーダーの場所が知りたい。レコーダーの場所を知るために、給料袋を盗んだ。こういうことだと思う。そうでなきゃ、こうも立て続けに盗難事件は起きないわ」

説明しながら心は沈んでいった。

依頼人は嘘をついている。信長を殺すつもりがなかったのなら、事前にレコーダーを盗み出したりしない。『バー翼』までおびき寄せて、二人きりになったところで信長を殺害するつもりだったのだ。

問い詰めれば、正直に話すだろうか。

光秀がしらばっくれた場合、そのまま弁護を続けていいものか分からない。真実に反する弁護をするわけにはいかない。本当のことを言わないだけならまだよい。けれども積極的に嘘の主張をするのは、弁護士倫理上も問題があるだろう。

警察署の待合スペースであくびを繰り返した。気持ちは打ち沈んでいるのに、あくびは自動的に出る。目の疲れで視界がにじんだ。

午前六時半、取調べから戻ってきた光秀を面談室に連れ込んだ。証拠を一つずつあげて、言い逃れが難しくなってきていることを伝える。

光秀は急に顔をくもらせた。

「だまされない奴は嫌いだ」

低い声で言った。

「先生、もう帰っていいよ。クビだ」

こういう反応がくることは予想していた。

辞任するつもりでいたから、願ったりかなったりである。けれども、悲しくないといったら嘘になる。

誰かから純粋な悪意を向けられると腹が立つ以上に、悲しくなる。

このような形でしか他人と関われない人間がいるということが哀れだ。

「あのね、別にまだあなたに雇われていませんから」つとめて明るく言った。「あなたなんかに雇われるのはごめんだわ」

暗い口調で責めたところで、状況がよくなるわけでもない。あと腐れなく別れるには、明るい物言いをしたほうがいいのだ。が、こちらの思いやりを無下にして、光秀は吐き捨てるように言った。

「あんたみたいな女は嫌いだ」

ため息が漏れた。

言わなくていいのだが、どうしても一言足したくなる。

「老婆心ながら申し上げますけど、弁護士には何でも正直に話したほうがいいわよ。だまされるような弁護士ならその程度の能力。優秀な弁護士は必ず矛盾に気づくわ。検察官だって当然気づく。不利な事実は認めたうえで作戦を立ててのぞまないと、必ず負けるんだからね。なんでそんなに嘘をつきたいのか知らないけどさ」

光秀は急に「ははは」と腹を抱えて笑い出した。

小柄な身体を丸めると、ほんの子供のように見えた。だがその瞳には子供には決して宿らないどす黒い光が宿っていた。

「なんでって、人をだますと気持ちいいからですよ。僕がホストをやってるのも嘘をつくのが好きだからですよ」

何も言うことはなかった。でも無言で立ち去るのもしゃくで、「そんなんだと早死にするわよ」と捨て台詞《ぜりふ》を吐いて、面談室を出ていった。

後味が悪い。しょうもないものに手を出してしまった。早々に手を引けただけマシと考えるべきか。

一円にもならない夜だった。

それもこれも、あの黒丑が引っ張り込んだからだ。

ちょうど黒丑の姿が廊下の先に見えた。待合スペースでだらりと寝転がっている。外出先から帰ってきたのだろう。

「黒丑くん、さっさと帰るわよ」

「はあい」あくびをしながら黒丑が起き上がる。

「光秀さんのこと、やっと諦めたんですか？　あの人が犯人だって言ったじゃないですか。保険金目当てに人を殺すような奴、サイテーですよ。あんなクソ野郎の戯言《ざれごと》に付き合わなきゃいけないんだから、弁護士も大変っすね」

黒丑は眠そうに目をこすっている。

「あなたはレコーダーを見つけたら直帰していいって言ったじゃない。どうして警察署に戻ってきたの」

黒丑はにやりと笑った。

「冷たいこと言わないでくださいよ。俺が巻き込んだんですから、最後まで見守ってやらないといけないと思ったんすよ」

見守ってもらわなくても一向に困らないのだが、黒丑なりの優しさなのだろう。黒丑は満足そうに鼻歌を歌っている。

新宿警察署を出て、タクシーを探しながら新宿西口駅近くの大通りへと向かった。もう朝日が差し込み、だんだんと気温が上がってきている。黒丑のあくびにつられて、私もあくびが出た。

「そういや、俺が剣持先生に助けられたこと、光秀さんは何で知ってたんだろ」

黒丑は伸びをしながら言った。

私はちょうど、流しのタクシーを捕まえようと手をあげたところだった。

私に気づいたタクシーが速度を落とす。

「俺、剣持先生のことは『バー翼』の店主の木下さんに話しただけなんだけど。木下さんが光秀さんに教えたのかな」

「えっ、店主の木下さんが……？」

タクシーが目の前にとまった。

黒丑が背筋を伸ばし「お疲れっす」と敬礼をした。

私は数秒の間、茫然としていた。

いや、そんなはずはない。しかし――。

タクシーの運転手から「お姉さん、乗らないの？」と声がかかる。

「乗ります、乗るわよ」

慌てて答えてタクシーに乗り込んだ。

「朝までホスト遊びとは、いい御身分ですねえ。でもタクシー止めといてボヤボヤされちゃ困りますよ。あのお兄ちゃんとそんなに別れがたかったですか？　まあ、確かにしゅっとした感じのお兄ちゃんですけど……」

タクシー運転手の言葉はほとんど頭に入ってこなかった。

無愛想に行き先だけ告げた。帰る先はもちろん、私が勤める法律事務所だ。家に帰っている暇はない。

タクシーに揺られながら、頭のなかには一つの考えが浮かんでいた。

私の考えすぎだろうか。

「こんなに汚れてちゃ、売れませんよ」

変形したヴィトンの財布を揺らしながら黒丑が言っていた。どうして今ごろ、あんな言葉を思い出すのだろう。

いや逆に、どうして今まで思い出さなかったのだろう。

橋によると、「バー翼」の店主、木下は賃料不払いを続けていた。オーナーは木下に対して、立ち退きを求める手続きをしていたのかもしれない。あのあたりの飲み屋は入居希望者が多い。一度追い出されると、戻ってくるのは難しい。

だが、事故物件になってしまえば――？

新しい入居者はなかなか見つからない。それだったら、今の入居者に残ってもらったほうがマシだ。多少家賃の支払いが遅れるのは我慢できる。

優秀な弁護士を事前に紹介したのも木下。店を早じまいして犯行現場を貸し出したのも木下。犯行時刻ごろ、犯行現場には人の出入りが多いと教えたのも木下。

光秀が殺人を犯しやすい心理的な状況を、木下がせっせと整えてやっているように見える。

光秀は木下の手の内で踊らされ、信長を殺害したのではないか。

あれだけ人をだますことにこだわりがあった光秀こそが、実はだまされていたのかもしれない。

証拠は何もない。私の思い違いだったらよいのだけど。

人が誰かをだまし、だまされた誰かもまた人をだます。そうして連なっていく手練手管の輪は、一体どこに向かっていくのだろう。終わりが見えないのと同時に始まりも見えない。木下だって誰かにだまされているのかもしれないのだ。

少し開けたタクシーの窓から、ヒグラシの鳴く声が容赦なく入ってくる。カナカナ

カナカナという金属をこするような音が不穏に響き、軽いめまいがした。目頭をおさえて、かすむ視界をやりすごす。

今日もまた、新しい一日が始まる。

第三話　何を思うか胸のうち

1

午後二時、歌舞伎町の喫茶店は空《す》いていた。

離れたところに、あと二組の客がいるだけだ。いずれの客も会話らしい会話がない。時間を潰すためにしぶしぶ座っているといった様子だ。

先日深夜に来たときは混み合っていたし、昼頃にはランチセット目当ての客が入るらしい。二十四時間のうち、今は一番静かな時間帯――のはずだった。

私の前でわめきたてる女をのぞいては。

「先生、きいてます？　ひどいでしょ。父の遺産を好きにするつもりだったんですよ、あの女。父の病死だって、あの女が仕組んだに違いありません。ヒ素を少しずつ飲ませれば、自然な衰弱死を装えるらしいじゃないですか」

水色の派手な訪問着を着た女だ。

気の強さを表すように金糸入りの名古屋《なごや》帯をぴっちり締め、刺繍《ししゅう》つきの帯締めまで一分の隙もない。

年齢は五十六歳だときいた。

八月上旬、お盆前の夏の盛りだ。

気温が高すぎて、蟬《せみ》も死んでしまったようだ。一歩でも外に出ると串刺しにされそうな日差しが待っている。こんな日に着物では暑かろう。

「大変すねえ、ひどいっすねえ。俺、信じられない」

私の隣で、ラフなTシャツと半ズボン姿の黒丑が相づちをうった。

「ねっ、ひどいでしょ」

「ひどいっす」

テキトーに合わせているだけのように見えるのだが、黒丑が話すと女の機嫌がよくなるから、なるほどこれはホストとしての腕なのだろう。

ひょんなことから引き継いだ「暮らしの法律事務所」に相談は続々ときていた。事務作業や顧客対応を一人で抱えきれなくなり、ついに黒丑をアルバイトとして採用したのだった。

ちょうど手伝いのアルバイトを探していたところに、黒丑の事件が起きた。せっかく殺人の容疑を逃れさせてやったのに、金がないといって報酬を払わない。せめて仕事して返せと言うと、黒丑は「俺でいいんすか?」と案外乗り気だった。

いざ仕事をさせてみると、人好きのする物腰とフットワークの軽さがあり、それなりに優秀である。

「典子《のりこ》さん、それでどうしたんすか?」

黒丑は口先では心配そうにききながら、テーブルの下でスマートフォンをいじっている。客とこまめに連絡をとるのがホスト営業の基本だという。

「父の火葬が終わったあと、家に行ったら、あの女がタンスの前でこそこそしていたんです。私はあれっと思って、女が持っているものを叩きおとした。通帳でした。父の預金を下ろそうとしていたんですよ、あの女。後妻だか何だか知りませんけど、まだ籍を入れてなかったのよ。まだ赤の他人だったわけ。それで勝手に預金を下ろそうなんて、ひどいと思わない？」

典子はハンドバッグからハンカチを取り出して、額にうかぶ汗を拭いた。

「で、あの女は何を思ったか、私を押しのけて走り出したの。ぱっと玄関から飛び出して、そりゃもうすごいスピードで走って行ってね。でもこっちも必死ですから、追いかけましたとも。こう見えて私、学生のころはバスケットボールの選手でしたのよ。すぐに追いつきましたわ。ちょうど都立公園の入り口のところでした。あの女はぜいぜい言いながら、柵に手をかけて身体を預けたと思ったら、パタッと倒れたんですよ。それっきり。それがあの女の最期でした」

典子が口を閉じると、喫茶店は急に静かになった。

壁にかかった時計の秒針が動く音がきこえてきそうだった。店員が今がチャンスとばかりにアイスコーヒーを三つ、テーブルに置いていった。

「それっていつのことですか？」黒丑が身を乗り出した。

「つい二日前のことですよ。女の遺体は警察が持っていきました。一応、不審死として解剖するんですって。嫌な女だったけど、死んだあとに身体を切り刻まれるのはちょっと可哀想よねえ。まだ若いのに死んでしまったのも不憫《ふびん》だしねえ。まるでうちの父が、一人であの世に行くのが寂しいからって、女を道連れにしたみたいじゃない」

典子はしみじみと言った。

こういうタイプの女は妙なところで情に厚い。先ほどまでけちょんけちょんに言っていた相手に突然同情したりするのだ。男からすると裏表があるように見えるらしいが、本人はいたって真面目なのだ。

自分の中で正義、不正義がはっきりしているから、自分と関係のないことでも憤りを隠さない。ワイドショーで芸能人の不倫に憤慨するのも同じ理屈だ。自分と関係があるかないかは関係ない。世の中の不正義は放っておけないだけなのだから。

基本的な姿勢が過干渉だから関わると疲弊することもあるが、嫌いにはなれなかった。不審者に声をかけて空き巣を防いだり、痴漢を撃退したり、近隣での虐待を通報したりするのはこういうタイプの女だからだ。

「それでね、先生。相談ってのはね」

典子はハキハキと話を続けた。

「父の銀行印が見つからないんですよ。木製の小さいやつなんですけど。家じゅうどこを探しても出てこない。きっとあの女のことだから、どこかに隠していたんじゃないかしら。女も死んでしまって銀行印の場所を誰も知らないんです。そのせいで父の銀行口座から預金を引き出せなくて困っているんですよ。どうしたらいいんでしょう？」

ため息が漏れそうだった。

土曜日の朝っぱらから電話してきたと思ったら用件はこれである。

今日は用事があるからと別の日程を提案したが、典子は急ぎの用だからと言って譲らなかった。しかし話をきくと特に緊急というほどのものではない。

「お父さまの戸籍の手続きは終わってますか？　除籍謄本を持っていけば、相続人が口座からお金を下ろせるようにできるはずです」

「えっ、なに、じょせきぼ？」

「のちほどメールで手続きの仕方を送りますよ」

メールでやりとりしたほうが話が早いことも多い。事務手続は口頭で説明しても伝わりづらいのだ。メールで要点をまとめて、必要な書類のフォーマットを送ってやったほうが親切である。だがたいていのクライアントは、直接会って話したがる。

法律に関わる事件に巻き込まれるなんて、一般の人からすると一大事だ。ストレスも相当かかるし話したいこともあるだろう。けれども内容によっては、職場の同僚や友人に愚痴を漏らせないことがある。全ての事情を知っている弁護士にきいてもらおうと考えるわけだ。

「では、私は次の用件がありますので、こちらで失礼しますが……追加でお話ししたいことがありましたら、助手の黒丑にお伝えください」

広げていたメモ帳を鞄に放り込み立ち上がる。黒丑が一瞬「げえっ」という顔をしたが、私はこれを無視した。

「先生、でも次の用事ってなんですの？」

典子は首をかしげて言った。

「そんな、運動着といいますか……ジャージ姿じゃございませんこと？」

私の身なりをじいっと見ている。

上下、赤いジャージだ。

隣の席には大きいボストンバッグ、脇にはキャリーケースが置いてある。

「何か問題が？」

あえて開きなおった口調で言って、恥ずかしさを紛らわせた。仕方なかったのだ。家を出たあとに典子から呼び出しの電話がきた。本当は断ってもよかったのに、顔を出しただけ優しいというものである。

ボストンバッグを肩にかけて言った。

「今日はこれから、運動会なんです」

ぽかんとしている典子を残して、足早に喫茶店を後にした。

もう二時半だ。遅刻してしまう。

2

山田川村・津々井法律事務所恒例の運動会は、毎年お盆休み直前に開かれる。

お盆前後にはクライアント企業の動きも鈍くなる。大規模な案件が動くことが少ないから、多くの弁護士が参加できる――というのが、表向きの理由だ。

だが、運動会には二つの方向から非難が寄せられている。

一つ、お盆休み直前は休みたい。

弁護士は通常、一週間程度の夏休みをとる。休みの時期はめいめいの判断にゆだねられているが、子供の行事や帰省の関係上、お盆前後に休む者が多い。

それなのに、お盆休み直前の一日を事務所の行事にもっていかれるのは我慢ならない。

もっともな指摘だ。

二つ、この時期は暑すぎる。

例年、都内の体育館を貸し切りにして行うのだが、いくら室内といっても気温は三十度を超える。熱中症の危険もあるうえ、なにより不快で疲れる。

これももっともな指摘だ。

非難ごうごうの中、大会実行委員長の川村弁護士は粘りに粘った。若手弁護士たちと川村との攻防は一週間ほど続いたらしい。ベテラン弁護士は手ごわいものだ。あらゆる論点に理屈をつけて、一歩も引かない。

結局、今年も例年通りの開催が決まったのだった。

そもそも運動会を始めたのも川村の独断、もとい提案だ。「夏バテでたるんだ弁護士に活を入れるため」と称して始めたのだから、弁護士たちの悲鳴が届かないはずである。

午後三時、百人超の弁護士が新宿スポーツセンターの体育館にそろった。四百人超の弁護士を抱える事務所の三割弱が集まったのだから、まあまあの出席率だ。

眼鏡、眼鏡、眼鏡の山。男性弁護士のほとんどが眼鏡をかけている。女性弁護士も半分くらいは眼鏡だ。体育館の中にこれだけ眼鏡の人が集まることもないだろう。

今この瞬間、体育館にどんな法的問題が降りかかってきても対応できる最強の布陣である。が、身体を動かすことにかけては不安の大きいメンバーだ。

毎日十五時間以上をパソコンの前で過ごす人たちである。運動不足どころか歩行不足と言ってもいい。

「皆さん、しっかりアキレス腱《けん》を伸ばしてください。久しぶりに地面に立ったという人も多いでしょう。足腰は、皆さんが思っている以上に、弱っています！」

体育館の前方に立った大会実行委員が拡声器で言った。彼の音頭にしたがって、それぞれに準備運動を始める。

集合時間が昼過ぎなのは、大会終了後は飲みに繰り出そうという腹があるからだ。それに、弁護士たちは極端に夜型だから、午前中に集合をかけても定刻どおりには来ないだろう。

各部署から数名ずつ、弁護士を出すことになっている。たいていは若手弁護士が尊い犠牲となって派遣される。

私の部署からは古川と私が出る予定だ。後輩といえばもう一人、美馬玉子《みまたまこ》という女性弁護士がいる。年功序列でいうと美馬が出場すべきなのだが、美馬はのらりくらりと断り続け、結局私にお鉢が回ってきた。

だがいいのだ。

今回ばかりは私にも目的があった。

斜め前に、紺色のジャージを着た女がすっと現れるのが見えた。

天井から吊られているように背筋がぴんと伸びている。ジャージの外側からも肩の端がとがって見えるほど、痩せていた。

彼女は私のほうを振り返り、かすかに笑みを浮かべた。フチなしの眼鏡のレンズがきらりと光る。

同期の三神《みかみ》愛《あい》だ。

金融関係の仕事をするチームに所属している。企業結合を担当する私の部署とは仕事内容も働いているフロアも異なる。

「剣持先生、おはようございます」

日本語がすごくうまい外国人のような、明瞭な発音で言った。

三神はいつもこの話し方だ。どんなに急いでいるときも、急いでいないときも、会議でも、飲み会でも。

三神の態度にはムラがあったことがない。

執務室にゴキブリがでたときも、三神はいつもの口調で「ゴキブリがいます」と言ったらしい。その三秒後には印刷した契約書の束を丸めて、ゴキブリを仕留めたという女だ。

愛という名前をもじって、「ＡＩ三神」と呼ばれるゆえんである。

「剣持先生、狙いは川村先生ですか？」

「もちろん」

「昨年は、ひどかったですものね」

種目の一つにドッジボールがある。大会実行委員長の川村が一番張り切る競技である。

川村は、大学の体育会野球部でキャッチャーを務めていたという強肩の持ち主だ。普段は封印されているその肩を、運動会の日ばかりは解放しようと意気込んでいる。

昨年の運動会では、川村の豪速球を前に次々と弁護士が脱落した。ついに私ひとりが残り、川村との直接対決となったのだが、川村の暴投により私の顔面を直撃、鼻血がでる事態となった。顔面への攻撃は反則のため、試合は私のチームの勝ちである。

試合に勝って勝負に負けるとはこのことだ。鼻をティッシュで押さえながら、この借りはいつか必ず返すと誓ったのである。

「三神先生は？」

私がきくと、三神は口元をゆるめた。

彼女なりに笑っていると気づくのに数秒かかった。

「峯口《みねぐち》先生を仕留めてやろうと思います」

体育館の端で座り込んでいる小太りの中年男を指さした。

ナッツの袋を抱え、リスのようにぽりぽりと食べている。丸い背中と相まって、背を丸めて草をかじるビーバーのようにも見えた。

「あの人、いつ見てもナッツを食べているの。ダイエットのために間食はナッツにしているみたい。でもあんなに食べたら意味がないよねえ」

「ああ、あの人か」

納得とともに口から言葉が漏れた。

峯口は数カ月前に、競合事務所から転職してきた弁護士だ。

弁護士としての腕は良いが、マネジメント能力を全く持ち合わせていない。というか、壊滅的にパワハラ気質なのだ。

仕事ぶりはとにかく細かい。

嫁を見張る姑《しゅうと》のように、部下の仕事ぶりを吟味《ぎんみ》し、嫌味たっぷりに些細《ささい》なミスを責めるらしい。口癖は「些事《さじ》徹底」。契約書のドラフトを読むときは、赤鉛筆と青鉛筆を持ち、一文節ごとにチェックする。誤字脱字があろうものなら、すぐに怒号がとぶという。

ナッツを食べている峯口の顔の動きすら一定の速度を刻んでいる。いかにも神経質そうな男だ。

これまで何度も問題を起こしてクビになり、いくつもの事務所を渡り歩いている。

大規模案件を取り扱う弁護士は、一人で仕事をすることは少ない。どうしてもマンパワーが必要になるからだ。独立しようにも仲間がいないと独立できない。峯口は仲間を集められない。既存の事務所に転職するしかないのだ。

普通の会社の感覚だと、パワハラで解職された者が次の勤務先をすぐには見つけられないはずだ。だが弁護士の場合、客さえしっかり持っていれば、受け入れてくれる事務所はあるものだ。

峯口はトラブルを繰り返しすぎて、さすがに行き場が減ってきているらしく、今回の再就職には手間どったらしい。それでも今回もなんとか、再就職を成功させた。

苦労するのは、問題のある弁護士と一緒に働く若手弁護士たちだ。三神は担当する分野がかぶっている。同じ案件に入って、峯口の下で働くことも多いのだろう。

「せめて運動会で恨みを晴らさないと」

三神の眼鏡の奥が光った。

私は峯口をちらりと見て言った。

「でも、峯口先生も運動会に出てくるなんて意外ね。こういう行事は無視しそうじゃない」

「奥さんと不仲らしいよ」

三神が屈伸をしながら言った。

「前の事務所では、若手の女性弁護士と不倫をしてクビになったんだもの。奥さんにも当然バレて、家庭崩壊中なのよ。家に居場所がないから、なるべく外に出ているんでしょうね」

体側を伸ばしながら私は合いの手をいれた。「可哀想だけど、自業自得ね」

「そうよねえ」

準備運動が終わると、弁護士たちはそれぞれの持ち場に散っていった。競技に出ない者はやることもない。体育館の端でパソコンを広げて仕事をしている者さえいる。

「じゃ、剣持先生がんばってね」

「三神先生もね」

一瞬だけ視線を合わせると、すぐに顔を背けて別れた。

三神は背筋をまっすぐにして、私と反対側に歩いて行く。私も自分の待機場所へと戻る。体育館の床と運動靴がこすれて、きゅきゅっと小気味いい音がした。

私たちは仲良しではない。

かといって仲が悪くもない。

普通の仲なのだ。

同期の男性弁護士から「剣持と三神って仲悪いの？」ときかれたことがある。理由をたずねると、「剣持先生」「三神先生」呼びをしていて「麗子《れいこ》ちゃん」「愛ちゃん」と呼び合っていないからだという。

ふざけた話である。

男性弁護士の間で「ケンちゃん」「トモくん」呼びをしている仲良しなど見たことがない。どうして女性同士だと愛称で呼び合うと思っているのだろうか。

三神のことを私は嫌いじゃないし、三神も多分私を嫌っていない。かといって、お互いを好きになるほどの関わりもない。私たちの仲を勝手に邪推したり引き裂いたりして、火のないところに煙を立てようとする連中の気がしれない。

でもまあいい。今日はそんなうっぷんを晴らすのだ。

競技のスケジュールは遅れに遅れた。

弁護士には早食い、早足の者が多いのだが、運動になると急にとろくなる。だらだらと入退場をするせいで、一つとして定刻通りに始まらない。

午後五時半、日がかたむき、だんだん体育館内が涼しくなってきたころ、やっとドッジボールが始まった。定刻より一時間遅れである。

相手チームには川村がいる。今年も川村はびゅんびゅんと速球を投げた。この日のために禁酒をしてトレーニングを積んでいるという噂すらある。運動不足の弁護士たちに対応できるわけがない。

次々とこちらの弁護士たちが脱落していった。残った者で動けるのは後輩の古川と私くらいだ。

苦しい展開をいくつか乗り越え、ついに、古川が投げたボールが川村の首元をかすった。

「よっしゃ、アウト！」古川が叫ぶ。

すると、川村が勢いよく手をあげ「異議あり！」と叫んだ。

「首は反則だっ！　ルールブック第六条によると、顔は反則だろ。条文の趣旨を考えろよ。危険部位による攻撃は避けるべきだから、顔は反則になっている。その趣旨にかんがみると、首にあてるのも反則となるべきだ。ルールブック第六条を類推適用しろ」

審判が、ルールブックと称する書類の束をめくり始める。

「えっと……ドッジボール規則第六条ですね……」

始まった。弁護士が競技をするとこうなるのだ。

何かあるとすぐに反則を訴える。競技時間がのびのびになるわけだ。

そもそも、たかが運動会なのに百ページを超えるルールブックが用意されているのがおかしいのだが。

「おい、審判、いつまでぐだぐだしてるんだ」川村が怒鳴りつける。「迅速《じんそく》な裁判を受ける権利が国民にはあるはずだ」

「あっ、はい」急《せ》かされるままに審判が顔をあげた。「ではドッジボール規則第六条第一項第五号を類推適用しまして、首も反則ということにいたします。古川選手、退場です」

審判が言うと、自陣の弁護士たちが口々に「不当判決！」と叫んだ。けれども審判には黙殺され、古川も大人しく退場した。

相手チームの三神がボールを持って、ラインぎりぎりまで近づいてきた。こちらのチームにいる峯口を狙っているのだろう。

狙いを定めて、投げた。が、ボールは全く別の方向へとすっぽ抜けていく。ＡＩ三神は球技が苦手なのだ。

私は素早くボールを拾って、川村に向かって投げつける。

去年の恨みを今、晴らすのだ。

川村がボールを避《よ》けようとした。いや、このままでは避けきれない。

ついに川村の首をとれる。

とそのとき、何を思ったか、三神が飛び出した。

ボールをキャッチしようとしているらしい。

やめときなよ、と思った瞬間、パンと弾《はじ》けるような音がした。

ボールを抱えた三神がうずくまっている。片手で左の足首を押さえていた。

「アキレス腱が切れたっ」

川村が言うと、すぐに審判が出てきた。

「試合は中止です」

慌てて三神に駆けよった。

「ごめん」

とっさに謝ると、いつもの口調で三神が返した。

「いえ、大丈夫」

奥歯をかみしめ痛みに耐えているように見える。いつもより気を張ったその表情は、精悍《せいかん》さをはらんでいた。怪我《けが》をするときすらクールなのだ。

右肩を差し出すと、三神が左手でつかんだ。すくっと右足一本で立ち上がる。私の肩を使い、ぴょんぴょんと跳ねながら体育館から出ていった。

三神はいつの間にか、いつもどおりの無表情に戻っていた。私は何度も謝りたかったが、涼しげな三神の顔を見ていると、それ以上謝ってくれるなという意思表示にも思えた。結果として申し訳ないという気持ちを外に出すこともできず、ひとりで腹に抱えることになった。

せめてもの償いとして病院に付き添っていき、松葉杖《まつばづえ》をついた三神とともに病院を出たころには午後八時を回っていた。

とっぷり日が暮れている。雲が出ているために、空にはおぼろげな半月しか見えない。

気温はだいぶ下がったが、申し訳なさや気まずさで、私はかなり汗をかいていた。着替えは用意してあったが、三神をさしおいて私だけ着替えるのも悪い。

タクシーを拾い、スポーツセンターへと戻った。ロッカーの荷物を回収する必要があったからだ。他のメンバーは宴会場に移っているが、ロッカーの鍵は管理室で受け取れるらしい。

三神には入り口に座っていてもらい、女子ロッカールームから二人分の荷物を引きあげてくる。

「すごい荷物ね」三神が私のキャリーケースを指して言った。

「このあとそのまま旅行の予定？」

気まずく思いながらうなずいた。運動会のあと一週間を休みにして、彼氏の信夫《のぶお》とハワイに行く予定だった。明日早朝の航空便を予約してある。

三神にも休暇の予定があったかもしれないのに、怪我で台無しにしてしまったかと思うと申し訳なかった。

こちらの気まずさに気づいたのか、三神は「大丈夫よ、私は明日以降も仕事の予定だから」と言った。

「仕事を減らしてもらういい口実ができた」

「ごめんね」黙っているわけにもいかず、もう一度謝った。

「いいの。球技は苦手なのに、急にボールの前に飛び出した私が悪かった。峯口先生を成敗しようと意気込みすぎたわ」

三神は目を伏せ、口元がかすかにゆるんだ。

彼女なりの照れ笑いだと気づくのに、やはり数秒かかった。

ＡＩ三神にも感情があるのだ。

当たり前の発見を前に、急に三神が可愛らしく思えた。街灯の明かりが三神に降りそそぎ、脇に細い影を作っている。

三神の鞄の中でスマートフォンが震える音がした。鞄をとってやると、三神はスマートフォンを取り出し、電話にでた。

「……え、そうなんですか？　分かりました、見てみます」

三神の表情がかすかに曇っている。

普段は見過ごしていたが、よく見ると三神にもきちんと表情がある。よく見ないと分からないのが三神らしい。

「峯口先生が宴会場に来ていないらしいんです。みんなが撤退したとき、峯口先生はロッカールームで電話をしていたんですって。先に行けってジェスチャーをしたから置いていったんだけど、いつまで経っても宴会場に来ないから、様子を見てきてほしいんですって」

「もしかして、そのまま仕事してるのかしら」

「ありえるね」三神がうなずいた。

競技の待ち時間に仕事をしている者もいるくらいだ。競技終了後に急ぎのメールが来て、対応しているうちに遅くなったのかもしれない。

三神に荷物の番を頼み、男子ロッカールームに向かった。扉をノックして「峯口先生、いますか?」と声をかけるが、反応はない。

「入りますよ」

やはり反応はない。不審に思いながらドアノブに手をかけると、鍵が閉まっている。もう帰ったのだろうか。だが扉のすりガラスからは、中の明かりが透けて見える。念のため、管理室に戻って鍵を借り、扉を開いた。入り口のすぐ左に電灯のスイッチがある。いずれのスイッチもオンになっていた。

三十畳ちかくある大きい部屋だ。縦に十列ほどロッカーが並んでいる。

左端から右端まで見渡して、背筋が凍った。

右端のロッカーの陰から片手が伸びている。

ロッカーの奥で、誰かが倒れているらしい。

考えている余裕はなかった。

足早に右端のロッカーに駆けより、のぞき込む。

心臓が痛いくらい鼓動が速まった。

ロッカーとロッカーの間には、細長い椅子が一脚置いてある。

ロッカーと椅子の隙間に、峯口が倒れていた。

息をしていない。

海老《えび》のように身体を丸めている。深くしわが入るほど顔をしかめていた。目を見開き、口元は歪んでいる。痛みに耐えていたのかもしれない。相当苦しそうな顔だ。

下半身はチノパンを身に着けているが、上半身は裸である。着替えの途中だったようだ。伸ばしていないほうの手でTシャツを握りしめている。

一歩、二歩と後ずさった。

峯口は死んでいた。

3

警察に電話するとき、ふとここが新宿区であることに気づいた。

嫌な予感がする。嫌な予感はどうせあたるだろう。

諦めの気持ちが湧いてきた。

二十分後に駆けつけた刑事を見て、やはり、とため息をついた。

大きすぎる機動隊服を着た刑事、橘五郎である。「捜査本部潰しの五郎」と自称し、初動捜査に力を入れているようだが、実力のほどは不明だ。

「あれ、あれっ、あれれ。剣持先生じゃないですか」

いつものとおり、なれなれしく近づいてくる。

会うのは三度目だが、何度会っても対応は変わらない。初対面のときから充分なれなれしかったからだ。

「僕たち毎月顔を合わせていますねえ。剣持先生は死体を発見する天才ですか」

私は何も答えなかったが、橘は立て板に水のように話し続ける。

「それはそうと、先月の事件、覚えていますか？　ホストの信長さんが殺害された事件ですよ。信長さんの後輩の光秀くん、逮捕されていたんですけどね。ついに自白しましたよ。長い道のりでしたが、僕の初動捜査が間違っていなかった証拠ですね。あれっ、知っていた？　そうか、もう新聞に出ていましたね、そういえば……」

橘の話は延々と続いた。

流しっぱなしにしているラジオのようだ。いちいち反応する気力も湧かなかった。

言葉少なに男子ロッカールームへ案内する。

三神もついてこようとしたが、橘が許さなかった。

私と異なり、三神は遺体の状況を見ていない。余計な情報を与えないほうが、正確に事情聴取できると踏んでいるのだろう。抜け目のない刑事だ。

もうすぐ川村がスポーツセンターに到着するという。三神には川村を迎えてもらうことになった。

峯口の遺体を見下ろして橘がきいた。

「被害者のかたは、事務所の先輩弁護士ということですか。どういう人なんです?」

「数カ月前に転職してきたばかりで、直接話したことはありません。評判は、まあ、あまり良くなかったようです」

峯口のことは他の弁護士からの愚痴や噂でしかきいたことがない。実際にどういう人なのかは私自身、よく知らなかった。

鑑識係員たちが続々とロッカールームに入り、作業を始めている。いつまでも中にいたら邪魔になる。外へ出ようとすると、「先生、先生」と橘に呼び止められた。

「この、床に転がっている破片、なんだか分かりますか?」

ロッカーとロッカーの間に細長いベンチが置かれている。橘はベンチの脚の脇を指さした。

近寄って見ると、一センチほどの三角形の物体が落ちていた。

表面は茶色い。

「なんでしょうね。分かりません」

「ううむ、鑑識の結果を待つしかないか」

ロッカールームの入り口から「橘さん」と呼びかける声がした。振り向くと、橘の部下、服部巡査長が立っている。

「施設の管理人が呼んでいます。話したいことがあるそうです」

男のあとについて管理人室に行く。

人が三人も入ればいっぱいになるような小さな部屋だ。

防犯カメラのモニターが二つあり、デスクトップパソコンと施設利用者名簿が机の上においてある。廊下側に面した部分はガラス窓になっていた。

管理人はガラス窓を開けて、ぬっと顔を出した。五十代半ばくらいに見える。なんとなく脂っぽい太った男だ。

「今日の夕方、七時過ぎにね、変な通報があったんですよ」

男は耳の上をぽりぽりとかきながら言った。

「先ほどご遺体を確認しましたけれども、そのご遺体のかた、峯口さんでしたっけ。峯口さんが倒れているって通報が入ったんです。通りかかったっていう若い青年が見つけましててね」

「七時過ぎとおっしゃいましたけど、正確には七時何分ですか？」橘がきいた。

「えぇっと」

管理人は手元のメモ帳をめくった。

「通報者が管理人室に来たのが七時二十五分です。ここからロッカールームまで数分かかりますから、倒れている峯口さんを発見したのは七時二十分前後ですね」

宴会に参加していた弁護士の話によると、運動会は六時ごろに終わり、七時には峯口をのぞく全員が撤収したという。

私が峯口の遺体を発見したのは八時二十三分のことだった。

橘にも時系列は説明してある。

「ただ、通報してくれた青年から話をきいていたら、ちょうど当の峯口さんが管理人室にやってきたのです。青年は幽霊を見るようにギョッとしていましたが、峯口さん自身はピンピンしていましたよ。七時三十分ちょうどにバイク便が届きまして、峯口さんは、ここ、管理人室前で小包を受け取り、ロッカールームに戻っていきました」

「小包というのは？」

橘の質問に管理人は首をかしげた。

「さあ、書類かなあ。Ａ４サイズくらいの封筒に入っていましたし、厚みも数センチでしたから。スポーツセンターにバイク便が届くなんて珍しいですよ。変だなとは思いましたけど」

管理人の話をきいて、混乱してきた。

午後七時、峯口は一人ロッカールームに残った。

七時二十分ごろ、通りすがりの青年が倒れている峯口を発見。

同二十五分に管理人室に駆け込む。

ところがその直後、元気な姿の峯口が管理人室にやってきてバイク便を受け取った。

それにもかかわらず、八時二十三分には遺体となって発見された。

「その青年が嘘をついているんじゃないですか？」

私が言うと、管理人はまた耳の上をかきながら「うーん」とうなった。

「どうも嘘をついている感じでもなかったんですよ。本人は『本当に倒れているのを見たんだ』って言っていましたし……」

「その通報者の身元は分かりますか？」橘がきいた。

「いえ、確認していません。こんなことになるとは思っていなかったもので。なんだか今風の若者でしたが」

管理人は防犯カメラのモニターの向きを変え、私たちに見えるようにした。

「ロッカールームの前の廊下には防犯カメラがありますから、そこに横顔が映っていますね。こちらです」

九つに分割された画面の右上を指さす。

橘と私は顔を突きだし、画面を見つめた。

次の瞬間には二人そろって「あっ」と声をあげていた。

防犯カメラには、見慣れた人物が映っていた。

ツンツンした銀髪の頭に、Tシャツ、短パン姿。

私の助手、黒丑益也だった。

「あら、あらあら。これはどういうことなんでしょう。ねっ、ねっ」

橘が妙に嬉しそうに笑って、こちらを見た。


川村や三神と合流し、新宿警察署へ向かった。

こう何度も来ているともはや慣れてくる。トイレの場所や自販機の場所、待合スペースの中で空調のあたりがきつくない席、何でも案内できる状態だ。

黒丑に何度も電話をかけたが、つながらなかった。とりあえず、新宿警察署に来るようにメールを投げておく。

事態を把握しきれなかった。

待合スペースの椅子に座りながら頭を抱える。ため息が漏れた。

黒丑がどうしてスポーツセンターにいたのだろう。管理人には「通りすがり」と話したらしいが、通りすがりなわけがない。

歌舞伎町の喫茶店で別れる際、私がスポーツセンターに行くことは伝えてあった。私に用事があって来たのかもしれないが、そのわりに何の連絡も入っていない。

黒丑はフットワークの軽い若者だが、これまで無断で動くようなことはなかった。基本的には指示待ちだ。アルバイトなのだから当然である。今回は何か事情があったのか、あるいはこれまでも無断で動いていたのか。疑問は次々と湧いてきた。

アルバイトとして採用する際、簡単な身元調査を行っている。

戸籍と住民票、現住所、過去の学歴、現在の勤務先での勤務態度などである。いずれも本人の申告どおりで、大きな問題はなかった。

戸籍上、母は十年前に死亡している。存命の父は戸籍こそ黒丑と同一だが、住民票の世帯は分けてあるようだ。黒丑の話によると、三年前に家を出て行って以来、音信不通だという。

実質的に身寄りがないという点が危なっかしかったため、誓約書と秘密保持契約書を締結することに加えて、保証人をつけるよう求めた。すると翌日にはきちんと、勤務先のホストクラブのオーナーを保証人に立ててきた。

常識的な動きである。怪しいところはなかった気がする。

「大変なことになっちゃったね」

前から声がかかり顔をあげると、三神が松葉杖に身をあずけながら立っていた。その場でぴょんぴょんと向きを変え、隣の席に座った。

「剣持先生は休暇前なのに」

三神はそれ以上、何も言わなかった。もともと無口な人だ。集団でいるときにはほとんど会話に参加しない。二人きりになればポツポツと発言することもある程度だ。

待合スペースには他に数名の人がいた。

一列前の黒いスラックスに白い半袖シャツを着た男は、被疑者と接見にきた弁護士だろうと思えた。パンパンに膨らんだブリーフケースが特徴だ。

背を丸めて貧乏ゆすりしている中年の女もいる。夫か子供か、家族が捕まって面会に駆けつけたのかもしれない。

腕時計を見ると、時刻は午後九時過ぎだ。

過去二回、新宿警察署を訪れたのは深夜だったため、他に来客はいなかった。

トラブル続きで着替えるタイミングすら逃していた。事情を知らない人が私たちを見ると、何の冗談かと思うだろう。赤ジャージの女と青ジャージの女が、肩を並べて座っているのだから。

隣を盗み見ると、三神はほとんど無表情と言ってよかった。よく見ると薄い唇を少し突きだしている。考え事をしているようにも、落ち込んでいるようにも見えた。

三神にしてみると、昨日まで一緒に働いていた人が急逝したのである。ショックを受けたり虚脱感にあてられるのは当然だ。

私はというと、不思議なことにかなり冷静だった。

死体を見るのは慣れない。けれども何度か経験しているうちに、死体を見た瞬間に心のスイッチをオフにする癖がついたようだ。

これは人ではない、物である、もう物なのだと言いきかせ、故人の人となりなどに想いをはせないよう心に蓋をするのだ。

「頭を打ったのが直接の死因みたいね」

私が言うと、三神は大人しくうなずいた。警察は遺族にそう説明したらしい。遺族の対応をしている川村から、私たちもこっそり事情をきいた。

峯口の後頭部にはたんこぶができていた。ロッカールームのベンチの角の一つには峯口の皮膚の一部が付着している。詳しいことは今後の解剖にゆだねられるが、何らかの理由で転倒し、ベンチの角に頭をぶつけたものとみられる。頭蓋内損傷の場合、少し時間をおいてから症状が出る場合もあるから、転倒した時刻は分からないという。

「人ってこんなことで死んでしまうのね」

三神がぽつりと言った。いつも通りの口調だったせいで、死ぬことのないＡＩが人間を憐《あわ》れんで言っているようにもきこえた。

ポケットの中でスマートフォンが震えたのはそのときだった。画面に黒丑の名前が表示されているのを見て、慌てて電話をとる。

どういうことなのよ、とこちらが言うよりも先に、黒丑が話し始めた。

「先生、すみません。俺っす、はい。バレちゃいましたか」

口調は軽い。

「剣持先生が運動会に出るなんて、めちゃくちゃ面白くないですか？　俺、一目見たくて、依頼人の典子さんと別れた後、スポーツセンターに向かったんですよ。体育館の二階から見てたんですけど。バレてたのかあ」

話のピントがいまいち合っていないように思えた。

それもそうだ。黒丑は峯口が死亡したことを知らないのだ。

事の次第をかいつまんで説明すると黒丑は絶句した。

「……あのおじさん、死んだんすか」

黒丑の話によると、私と別れた後、依頼人の典子に付き合って焼肉をたらふく食べたのだという。典子の愚痴をきいてやり、四時半ごろに散会した。腹がいっぱいで苦しかったため、歌舞伎町周辺をうろうろしていたところ、せっかくだから運動会を冷やかしにいこうと思い立った。

体育館の二階席から運動会を小一時間観戦した。六時ごろには運動会も終了したため帰ろうとしたが、急に腹が痛くなったという。

「いつもなら食べられない高級な肉を食べたせいで、腹がびっくりしていたんですよ」

黒丑は情けない声で言った。

男子ロッカールームの並びにある男子トイレの一室にこもることになった。寄せては返す腹痛の波をやり過ごし、もう大丈夫だとトイレを出たのが七時過ぎのことだ。

弁護士たちで騒がしかった廊下もそのときには静まり返っていた。七時には撤収したという弁護士たちの話とも合う。

黒丑も帰ろうとしたが、ロッカールームの明かりがついているのが廊下から見えた。中からは物音一つしない。電灯を切り忘れたのだろうと思って扉を開けると、男が倒れていた。

慌てて管理人を呼びに行ったが、その直後、倒れていた当の男が元気な姿で管理人室にやってきた。黒丑はかなりびっくりしたが、結局、「何かの勘違いだろう」と片付けられてしまったという。

管理人からきいている話と食いちがいはない。

黒丑には警察署に連絡するよう言った。後日警察は黒丑からも事情をきくことになるだろう。

黒丑の話をどこまで信用していいか分からない。だが矛盾を見つけることもできなかった。それなら信じていいのだろうか。疑念は完全には消えない。けれども一旦信じることにした。今は他に考えることが沢山ある。

黒丑に何か言いそびれたことがないかと思いめぐらしていると、プププと割り込み着信の音がした。

黒丑を待たせておく用件は思いつかない。急いで電話を切った。

着信元を確認すると、昼過ぎに会った依頼人の典子である。面倒に感じながらもすぐに電話をかけなおした。

典子は通話中だった。私の留守番電話に用件を吹き込んでいるのだろう。行きちがいになった格好だ。

数分経って留守電が入っていた。

『先生、大変なんです。どうしましょう。私、逮捕されちゃうかも。すぐに折り返しください』

逮捕されるとは何事かといぶかしんだ。父の交際相手が目の前で亡くなったというから、その絡みなのだろう。

こっちでも事件、あっちでも事件である。

ぐったりと疲れを感じながら典子に折り返した。

「ああ先生。よかった連絡がついて。きいてくださいよ」

勢いよく典子は話しはじめた。

「私、暴行罪に当たるかもしれないんですって。私から逃げたすえにあの女が死んだから。私は暴行なんてしていないのに」

「ちょっと待ってください」

話の背景が分からず、一旦典子をとめた。

「警察からそのように言われたんですか？」

「そうそう。今日ね、解剖結果が出たんですって。死因は神経性ショック。あの女、こともあろうに、印鑑を飲み込んでいたんですよ。私に追いかけられて気が動転していたのね。それでとっさに印鑑を飲み込んでいたみたい。飲み込むところは、私、見てないんだけど。あの女の喉元から印鑑が出てきたんですって。印鑑を隠そうだなんて、欲張るから死んだのよ」

「印鑑を飲み込むと、神経性ショックになるものですか？」

医学的なことが分からなくてきいた。

「なんかねえ、警察が言うには、物を喉に詰まらせると神経性ショックを起こして、呼吸とか心臓が止まっちゃうことがあるらしいの。突然のことに身体がびっくりする状態なんですって。詰まった物を何かの拍子に吐き出せば、短時間のうちなら意識は元に戻るのだろうけど。あの印鑑は小さいものとはいえ、吐き出すのは難しかったみたいね。死んでしまってから喉を下って、胃に落ちたみたい。で、そもそもの始まりが私に追いかけられたことだったでしょ。だから事情をききたいと警察に言われたんですの。『話すことなんてありません』って突っぱねたら、『あなたも暴行罪にあたるかもしれないんだから、事情をきかせてもらわないと困る』って言われちゃって。暴行なんて、私してないのに……」

「追いかけたんですよね。相手に触ってなくても暴行になるんですよ」

相手に向かってモノを振り回す、石を投げる、塩をまくなど、直接相手にあたらずとも暴行罪が成立することがある。

今回の場合は相手を追いかけて追いつめ、結果的に相手は死亡している。傷害致死罪になる可能性もあった。

だが、追いかけた相手が印鑑を飲み込むなんて普通は予想がつかない。被害者が突飛な行動に出たのだから、被害者の行動によって引き起こされた部分の責任を問われるのはお門違いである。

だから今回は、被害者が死んだことについては典子の責任を問わず、暴行罪の範囲で処罰する方針なのかもしれない。

「逮捕されるわけじゃないと思いますよ。略式起訴といって、何度か警察と検察に話にいって、罰金を納めるかたちになるはずです。それに、検察が本当に起訴するつもりなのかは分かりません。事情をきくために脅しているだけかもしれない。反省の情を見せながら、素直に警察に協力するのが得策だと思います」

説明をしているうちに、典子の気持ちも落ち着いてきたようだった。二、三の質問を受け、お盆明けに会う約束をして電話を切る。

「大変そうね」三神が声をかけてきた。

「まあ、色々ね。トラブルって不思議と重なるのよね。分散して起きてくれるといいのに、こう次々と起きるから予定も詰まってきちゃう――」

ハッとして言葉をきった。

「詰まってたんだわ、峯口先生も」

「どういうこと？」三神が目を丸めた。

「ロッカールームのベンチの脇に、茶色いものが落ちていたの。一センチくらいの三角形の物体。あれってナッツよ。アーモンドを半分にした形だもん」

一旦気づけば単純なことだった。

「峯口先生、ダイエットのためにナッツを食べていたでしょう。ナッツの破片を喉に詰まらせて、神経性ショックで気を失ったのよ。倒れた拍子に喉からナッツが外れたことで、間もなく意識を取り戻した。だけど倒れたときにベンチの角で頭を打ったのがまずかった。最終的に頭蓋内損傷で亡くなったわけだ」

三神は大真面目に言った。

「人ってナッツごときで死んでしまうのね」

三神の口調がだんだんと癖になってきて、思わず笑いそうになった。あまりに不謹慎だからぐっと我慢する。三神本人はいたって真剣な顔をしている。自分の話し方が他人にどういう印象を与えているかなど、全く興味がないのだろう。涼しい顔で続けた。

「峯口先生、せっかちだから。慌ただしくナッツをかんで、ナッツにやられてしまったのね」

4

時刻は十時を過ぎていた。

「私たちってもう帰っていいのかな」

私が言うと、三神は首をかしげた。

「さあ。一応待ってるんだけど。放置されているね」

遺体発見の詳細な経緯と峯口の人間関係についてききたいと言われていた。それで警察署にやってきたわけだが、警察は現場での鑑識や遺族の対応で手がいっぱいのようだ。

零時には信夫と合流して空港に向かうことになっていた。信夫には連絡を入れてある。

事件に巻き込まれたものの、今夜中には解放されると踏んでいた。事件性もないし、今日中に私から調書を取る必要もない。旅行には予定通り行けるだろう。

南国でゆっくりしたいと言い出したのは私だった。信夫は私の希望を叶《かな》えるかたちでハワイ旅行に付き合うことになった。私の事情でキャンセルするのは申し訳が立たない。

楽しみにしていたのに、気乗りがしなくなっているのは事実だった。

何と言っても、人が死んだのだ。

ほとんど接点のない人だったし、評判も良くない人だった。私自身あまり良い印象を抱いてはいなかったが、それでも死なれると喪失感がある。数時間前まで動いていた人が遺体になっているなんて、信じられないことだった。そういうことをぐるぐると考えていると、気持ちが塞いでくる。

廊下の奥から慌ただしい足音がした。視線をやると、橘がこちらに歩いてくる。

身振りで呼びよせ、先ほどの推理を伝えると、橘は感心したようにしきりにうなずいた。

「さっすがあ。剣持先生、よく分かりましたね」

峯口の鞄からはナッツの袋が見つかっているらしい。鑑識のほうでも、落ちていた茶色い破片はナッツではないかとあたりをつけていた。

推理が当たっていたのはいいのだが、呑気な口調に腹が立つ。こちらも暇ではないのだ。

「私たちはもう帰っていいですか？」

「あっ、ちょっと待ってください。ききたいことがあったんですよ」

橘はデジタルカメラの画面を示した。

「先生がた、ねっ、ねっ。これ、なんだか分かります？」

何かの書類が写っている。

製本済みの契約書のような見た目だ。片側に白い製本テープが貼られ、袋とじのかたちでまとめられている。

「契約書か何かの表紙みたいですが。文字が読めるよう拡大してもらえます？」

橘は私の言葉に素直にしたがって、画面を拡大する。

拡大された画面をのぞき込んだ。

すぐにそれが何か分かった。横を見ると三神と目があった。三神は「うん」とでも言うようにうなずいた。

表紙には「運動会ルールブック」と記されている。

今回の運動会のルールが定められた百ページ超の規約集である。審判はルールブックを持っていたが、印刷した紙を大きなクリップ一つでとめているだけだった。

丁寧に製本されたルールブックを見たのは初めてだった。

中身すべての写真は撮っていないようで、各規約の一頁目と最終頁だけが写真に収められていた。

知っていることを話すと、橘は画像を次々にスクロールしながら言った。

「峯口さんは七時半ごろ、バイク便を受け取りました。バイク便の中身がこれだったんです。発送元はあなたたちの法律事務所で、発送の手続きをしたのは峯口さんの部下の弁護士でした。事務所で仕事をしていたところ、峯口さんから連絡があって、『今から送る書類を製本してバイク便で送れ』と言われたそうです」

峯口は運動会ルールブックの製本を指示したというわけだ。

どうしてそのような指示をしたのか事情は分からない。事務所で仕事をしていた後輩からすると、業務が増えていい迷惑だったろう。

「実は峯口さんの荷物からは同様のルールブックの製本版がもう一冊見つかっているんです。ざっと見たところ、内容も同じようでして――」

「ちょっと止めてください」

三神が急に言った。

橘がスクロールしていたデジタルカメラの画面を指さしている。

「一つ前の画面に戻ってください。そう、それです」

デジタルカメラの画面をのぞき込んだ。

何かの規約の最終頁が写っている。

「これ、ドッジボール規則です。条項に見覚えがある。けど本来の条文と比べると、行送りが一行ずれているみたい……。どこかに一行追加されているはずです。この写真に収められているのはバイク便で届いたルールブックですよね。もう一冊、峯口先生の手元にあったということですか？」

橘はけげんそうな顔でうなずいた。

急に話しはじめた三神に戸惑っているのだろう。

「もともと峯口先生の手元にあったルールブックは、おそらく本来の条文です。バイク便で届いたルールブックは改訂された新条文。推測ですが、ドッジボール規則第六条第一項第五号のあとに一行追加されているはずです。二冊のルールブックを再度見比べてみてください」

橘はすぐにスマートフォンを取り出し、どこかに電話をかけた。

コール音が鳴っている間に数メートル離れたところに移動したため、会話の内容は分からなかった。数分話して戻ってくると、目を丸めて言った。

「三神先生のおっしゃるとおりでした。二つのルールブックを見比べると、ドッジボール規則の第六条第一項第五号のあとに、『頸部付近に球が当たったとき』も反則にするという条文が付け加わっていたそうです」

三神と私は顔を見合わせた。

ため息をついて私は言った。

「規則を改訂したのね」

三神はうなずいて言った。

「今日、川村先生が異議を申し立てて、顔だけでなく首に球をあてた場合も反則ってことになったでしょう。その変更を、いち早く条文に反映させたんだと思う」

馬鹿々々しくて膝から崩れ落ちそうになった。座っているから膝から崩れ落ちる心配はないのだが、膝から崩れ落ちるというのがぴったりの気分だ。

些事徹底を旨とする峯口は、あらゆることに完璧主義だった。

けれども、運動会のルールブックなどというお遊びのものにまで完璧主義が及ぶとなると、呆れてしまう。

峯口の下で働くのは相当息が詰まっただろう。同情の念を込めて三神を見つめた。

「峯口先生らしいわ。あの人、細かいこともすぐに対応しないと気が済まないもの」

三神はため息をついた。悪口というよりは、懐かしむような口調だ。口うるさく思っていた上司も、死んでしまうと責められなくなるものだ。憎いと思っていたことを申し訳なくすら思える。

「これは、今日の宴会で披露するつもりだったんだろう」

後ろから太い声がして振り返ると、川村が立っていた。

峯口の遺族に付き添っていたはずだが、一時的に離れてきたらしい。

「来年は峯口に大会運営委員長を譲るつもりだったんだよ。こういう運営をしてると、自然と事務所内で知り合いが増えるだろ。それをきっかけにうちの事務所になじんでもらえればと思ってな。峯口本人も乗り気だった。宴会で新任の挨拶をするように前置きしておいたら、『挨拶で披露できるよう、ルールブックを製本してきました』って峯口は言っていたよ。えっ？　今朝のことだよ。それがこんなことになるとはなあ。朝《あした》には紅顔《こうがん》ありて夕べには白骨となる、とはよく言ったものだよ」

「峯口先生、運動会を楽しみにされていたんですね」

素直な感想が口をついた。

峯口なりに運動会に意気込んでいたのだ。完璧主義な性格が影響しているかもしれない。嫌々やらされていたわけではない。意欲があったのは確かだ。だからこそルールブックを製本して持ち込んだ。

ところが当日ルールの変更があった。すぐに部下に改訂版をつくらせ、製本したものを届けさせる。バイク便が届くのを待つために、スポーツセンターに残ったのだろう。

その後の宴会では製本したルールブックを披露するつもりだった。ルールブックを製本しているだけで「おっ」と思われるだろう。さらに当日あったルール変更についても対応済みとなると、峯口の意気込みは充分すぎるくらい、周囲に伝わるはずだ。

峯口なりに、事務所になじもうとしていたのだ。

これまでいくつもの事務所を転々としてたどり着いた事務所だ。今度こそは、という思いがあったのかもしれない。

「今さら言ったって仕方ないけど、峯口先生って、そう悪い人じゃなかったのかもね」

三神が独り言のように漏らした。

「峯口先生がダイエットを始めたのって、太りすぎて娘さんに嫌われたからなんですって。娘さんは今十三歳だったはず。微妙な年頃ですものね。間食を全てナッツにして、しつこくナッツを食べていたのは奇妙だったけど、それも完璧主義な峯口先生らしいし」

不倫の末、家庭には居場所がないという噂だった。妻とは不仲だったのかもしれない。娘にまで嫌われたくないと必死にダイエットを始めたわけだ。

多感な時期の娘のことだから、父母の不仲、そして父の不倫にも気づいていた可能性が高いような気がする。だからこそ峯口は娘に冷たくされたというのが真相ではないだろうか。

だが娘はそのまま不満を伝えることはなかった。娘なりの思いやりなのか、本当のことを言ってやる義理はないと思ったのかは分からない。峯口の耳には「太っているから嫌い」という声だけが入った。

娘の言葉を真に受けてダイエットを始め、ナッツを食べ続けた結果、今回の事件につながった。

峯口という一人の人間の人生が閉じたのだ。

その閉じ方が滑稽であるからこそ、切ない。

新しい事務所になじんで、娘とも仲直りする未来があったかもしれないのに。

少なくとも峯口本人は、前向きな気持ちでいた。

若手の弁護士たちは誰一人として、峯口の心中を考えたこともなかっただろう。神経質で嫌な奴、と遠巻きにしていた。私もその一人である。

時刻はもう十一時を回っていた。

信夫との待ち合わせの時間が迫っている。

もう帰っていいかと再度橘にきくと、「いいですよ、正式な調書はまた後日お願いするかもしれません」とのことだ。

三神はふたたび警察署に来るのが面倒だから、事情聴取を受けてから帰るという。いいよと言ったのに、三神は警察署の前まで私を見送りにきた。

「それじゃ」と私が手をあげると、三神は松葉杖の端をふって挨拶をした。

松葉杖の使い方も少しずつ上手くなっているように見える。球技が苦手なのは、経験がないからだろう。三神はこつこつ積み上げ、上達していくタイプなのだ。

仕事でも前もってしっかり準備するから、安定感があるときく。

数歩歩いたところで、あれ、と思った。

三神を振り返る。

「もしかして三神先生、運動会のルールブックを事前に読んでいたの？」

ドッジボール規則の最終頁だけを見て、行送りが変わっていると気づくなんて、なかなかできない。

何度も読み込んだ契約書だと、印刷されている行数の変化に気づくことはある。三神はドッジボール規則を事前に読み込んでいたのだろうか。

「うん、読んでいたの」

相変わらず自動応答の音声みたいな話し方だ。

「運動会、楽しみにしていたからさ」

三神の口元に小さなえくぼができた。

分かりづらいが、彼女なりに照れているのだ。

警察署前の外灯に照らされて、三神のえくぼは小さくもくっきりと私の目に焼きついた。

やはり、ＡＩ三神にも心があるのだ。

三神が何を考えているか分からないと言う人は多い。

しかし当然ながら、三神も色々と考えたり、思ったりしている。外から分かりづらいだけなのだ。

本人も特に自分の内面を伝えようとしない。二人きりで時間を過ごしてみると、案外ぽつぽつと話すから、本音を隠しているわけではないのだろう。

普段からもっと素直に発言すればいいのにと思うが、そういうわけにもいかないのが三神なのだ。


ボストンバッグを抱え、キャリーバッグを引きながら、新宿駅西口へと向かった。

信夫が車を回してくれるという。

空港で返却できるレンタカーに乗って、空港まで行く予定になっていた。もともと別の場所で集合する予定だったが、急きょ新宿まで来てもらうことになった。

零時前だというのに、街灯は煌々《こうこう》と輝き、行き交う人たちも元気いっぱいである。夏休み直前というサラリーマンたちも多いのだろう。大声で談笑する社会人グループがいくつもいた。

風のない夜だ。

気温が落ち着いて過ごしやすくなってきた。

ジャージ姿で軽装だからか、いつも以上に早足で歩いていく。

東京の夏の夜は湿度が高い。水の中を進むような抵抗感が空気にあった。これがハワイだと、心地よい潮風が吹いているはずだ。

西口のロータリーに信夫が立っていた。

浮かれた赤いレンタカーのすぐ横だ。

似合いもしない半ズボンとアロハシャツを着ている。

私が手を振ると、信夫は小さく手をあげた。

「大丈夫だった？　予定通り出発できる？」

四角い眼鏡を押さえながら、信夫はおずおずときいた。

「当然、大丈夫よ」

こういうとき、どうしてだか私は、怒ったような口調になる。

「予定通り出発するわよ。楽しみにしていたんだから」

信夫は顔をくしゃくしゃにして笑った。その顔を見ていると、また私はなんだか腹が立ってきて、むすっとしてしまう。

ニコニコしていたほうがいいのだけど、そうもいかないのが私なのである。

信夫は慣れているのか、さして気にすることもなくトランクを開けて私のキャリーバッグを入れた。これから空港に行き、早朝にはハワイに出発だ。

早く夜が明けるといいのに、と久しぶりに思った。

第四話　お月様のいるところ

1

九月下旬、重い足取りで丸の内のオープンカフェへ向かった。

午後九時を過ぎている。街灯がレンガ造りの建物をぽつぽつと照らしていた。

スーツ姿の女性が足早に通り過ぎる。食事を終えて出てきた男女は含み笑いを交わすと、静かに肩を寄せ合った。

朝晩は過ごしやすい日も増えてきた。

ワイシャツの上にざっくりとしたカーディガンをはおり、雑誌の付録のミニバッグに財布とスマートフォンだけ入れて、事務所を出てきた。

企業相手の弁護士にとって、九月は繁忙期だ。

九月末が企業の半期末にあたるため、九月前半には大規模案件のクロージングが集中する。この日は金曜日だったが、ゆっくり過ごす余裕はなかった。

だからこそ、警察からの突然の呼び出しには腹が立った。二週間以上呼び出しがなかったのにもかかわらず、急に話がききたいと言われても困る。

警察の、いやあの男、橘五郎の横暴だ。

初動捜査に情熱を燃やし、捜査本部が立ち上がる前に事件を解決してしまう「捜査本部潰しの五郎」——と自称している男だ。何度も顔を合わせるうちに、直接電話がかかってくるようになった。

仕事が忙しいからと最初は呼び出しを断った。どうしてもというならば、助手の黒丑に用件を伝えておいてくれと言った。

橘は、「黒丑がいたら意味がない」「一対一でききたいことがある」と言って譲らない。「新宿まで出向く時間はない」と伝えると、「事務所近くに行くから場所を指定してほしい」と言う。

そこまで言うなら仕方ない。クライアントからの電話が鳴りやんだ午後九時以降、事務所近くのオープンカフェで落ち合うことになった。

空を見上げると、まん丸のお月様がぽっかりと浮かんでいた。ビルの光にも負けない鮮やかな黄色は、まるで卵の黄身のようだった。

思わず息をのむ。

この日は中秋の名月だった。

こうやってまじまじと月を見るのは久しぶりだ。

普段は深夜まで働いて、事務所前に待機しているタクシーで帰宅してしまう。外にいる時間は五分もない。最後に夜空を見上げたのはいつだろう。思い出せないくらい久しぶりだ。

乾いた秋の風がさあっと吹いて、すれ違うサラリーマンがトレンチコートの前身頃《まえみごろ》を押さえた。

指定した店に行くと、橘はテラス席についていた。ホットコーヒーを飲んでいる。よく言えば柔らかい口調で、悪く言えば馴《な》れ馴《な》れしく話しかけてくる男だ。甘い飲み物を好むと予想していたから、ホットコーヒーを飲んでいる姿を見て、一応この人も成人なんだな、としみじみ思った。

「どもども、どーも。剣持先生、お忙しいところすみません。さっ、こちらへ。何がいいですか？　もうご飯は食べましたか？　あっ、いらない？　本当？　食べといたほうがいいんじゃないの？　あとでお腹減っても知りませんよ……はいはい、分かりました。店員さーん、ホットコーヒーもう一つお願いします」

ホットコーヒーはすぐに出た。味が薄くて、薫《かお》りつきの湯を飲んでいるようだったが、身体が温まるのはよかった。

この日の橘はスーツを着ていた。日勤で、現場への臨場がないときは私服で働いているのだろう。本人の好みなのか、スーツのサイズはやはり大きい。身体がジャケットの中で泳いでいるように見えた。

「一人で出てきて大丈夫なんですか？　刑事さんって二人一組で動くってきいたことがありますけど」

「ああ、ドラマでよく見るやつですね」橘は肩をすくめた。「服部巡査長みたいな若手には巡査部長とコンビを組ませて、動いてもらいますけど。僕、これでも警部補ですからね。色んなコンビを監督する立場にあるんですよ。ま、捜査本部が立ってしまうと、捜査一課の刑事と組まされたりしますが、そんな窮屈なことになる前に事件を解決してしまえばいいのですよ。ふっふっふっふ……それでこそ、本当に気になる事件を追えるというわけです」

橘は天然パーマ気味の髪の毛をかき上げたんだか、なでつけたんだか分からない動きをして笑った。

「どうもね、変なんですよ。一回話をきいてみなくちゃと思いましてね」

橘は言葉をきって、観察するようにじろりとこちらを見た。

何のことだか見当がつかなかった。とりあえず橘の話の続きを待つ。

「先月、先生の事務所で運動会があったでしょ。あの日、峯口先生がお亡くなりになったわけだけど」

「ああ、その日のことですか」

先月、お盆前のことだった。

事務所恒例の運動会が開催された。運動会後、事務所の弁護士、峯口がロッカールームで遺体となって発見されたのだった。

解剖の結果、転倒による頭蓋内損傷が死因と判明している。

事件性はないはずだ。

「峯口先生の死亡前、先生の助手、黒丑くんが峯口先生を目撃している。トイレの帰りにロッカールームの電気がついているのを見て、消して帰ろうと思って扉を開けた。すると倒れている峯口先生を発見した。彼はそう話していましたよね」

橘の言うとおりだ。

峯口は気を失い転倒した。一度は意識を取り戻したものの、転倒した際にぶつけた箇所が致命傷となって、再び倒れ死亡した。

黒丑は峯口が最初に気を失って倒れているところを目撃したという。

「それがどうしたんですか?」

警戒しながらきくと、橘は首をひねった。

「これがおかしいんですよ。一回目に倒れた場所は特定されています。頭をぶつけたベンチの角に皮膚の一部が残っていましたから。その倒れた場所というのが、部屋に入って一番右、一番奥のスペースなんです。ロッカーに囲まれていて、ロッカールームの入り口からは見えない。だから電灯を消そうと思って入室しただけなら、倒れている峯口を発見しようがないのです。しかも、ロッカールームの電灯のスイッチは、入って左側の壁にある。ロッカールームの右奥に行く必要はないんです。おかしいと思いませんか？」

橋は一気に話して、ホットコーヒーをすすった。

テラス席に座ったせいで、少し冷える。私もホットコーヒーに口をつけた。

本当は、考える暇が欲しかっただけかもしれない。

橋が言うことはもっともに思えた。峯口が倒れたのは、ロッカーが十列以上並んだロッカールームだった。比較的広いその空間の、奥のほうまで見にいくのは不自然だ。

「中に人がいないか確認したんじゃないですか？　人がいるのに電灯を消したらまずいですし」

一応、ありうる仮説を言ってみる。

橋は全く納得できないといった表情で腕を組んだ。

「そもそもね、通りすがりのロッカールームの電灯を消すのも変ですよ。公共施設で、しかも自分が借りているわけでもない空間ですよ。電灯、わざわざ消しますか？　よっぽど節約ぐせがついた人なんですかね。彼はそもそも、どうしてあの日あの場所にいたんですか？」

橋は黒丑についてききたくて、出向いてきたわけだ。だから黒丑抜きで一対一で話をきくことにこだわった。

隠す必要もないから、私が知っている事情をかいつまんで共有した。

いつのことか知らないが、黒丑は軽井沢に社員旅行に行った際、「暮らしの法律事務所」を営む村山という弁護士の世話になったという。

その後、黒丑に対して殺人の疑惑が向けられた。黒丑は村山を呼ぼうとした。ところが村山はすでに死亡しており、「暮らしの法律事務所」は私が引き継いでいた。村山のかわりに私が現場に出向き、弁護活動を行ったのだった。

だがいつまでも弁護士報酬が支払われない。ホストとして働いているが売り上げは微々たるもので、恒常的に金欠なのだそうだ。

ちょうど私は人手不足で困っていたため、黒丑をアルバイトとして採用した。アルバイトといっても、雑用や使い走りがほとんどだ。逮捕された者への物品差し入れ、裁判所への使い、コピー取りなどである。

採用の際に、戸籍や住民票、前科前歴、素行についてある程度の調査はしてある。身寄りがない点以外は問題がなさそうだったため、保証人を立てることを条件に採用した。

よく気がきくし、フットワーク軽く動いてくれるので、仕事ぶりは良好である。

先月の運動会に顔を出したのは、私が競技するところを見たかったからだという。これが本当か嘘かは分からない。

「うーん、なるほど」

橘は私の説明を大人しくきいていたが、その表情は晴れない。

「僕の気にしすぎだったかなあ。でも何か変な感じがするんだけどなあ」

橘はしきりに首をかしげている。

私も黒丑のことを全面的に信頼しているわけではない。かといって、全面的に信頼できる人間なんて、そういないものだ。もしかすると隠し事があるのかもしれないが、真面目に働いている以上、詮索するわけにもいかない。

「いずれにしても、私からお話しできることは全部話しましたから。もう事務所に戻っていいですか？」

「ええっ、先生、今からまだ仕事するんですか」

橘は大げさに身を引いた。

「当たり前でしょ」

そう言って立ち上がったとき、唐突に、二の腕を後ろから誰かにつかまれた。

ぎょっとして振り返る。

すぐ横の歩道に、小太りのおばあさんが立っていた。

丸の内に全く似つかわしくない老婆だ。七十歳は確実に超えている。

短くカットされた白髪にはボリュームがない。岩肌に張りつく海藻のように、頭にぺたりと張りついている。

垂れ目だが上がり眉なのがどことなく愛嬌のある印象だ。

「あのう」

おばあさんは私の腕をひいた。

思った以上に力が強い。すがるように私の腕を握りしめている。

「お月様のいるところに行きたいんです」

幼稚園児が甘えるときのような声だった。

「お月様のいるところに」

驚きが先にきて気づいていなかったが、おばあさんは相当変な格好をしていた。シルク製の光沢のあるスプリングコートの上に、えんじ色のかぎ編みカーディガンを無理やり着ている。大きいコートの上に小さいカーディガンを着ているせいで、カーディガンの編み目が広がって、下のコートが透けて見えた。

「ヨウコちゃんに会えてよかったあ。道が分からなくなって困っていたんです」

おばあさんはしみじみと言った。「ヨウコ」という人と私を間違えているらしい。

直感的に、認知症を患っているのだろうと思った。

テーブルの向こうの橘に視線をやると、橘は黙ってうなずいた。橘は警察官だから、この手の対応には慣れているだろう。

「ねっ、ねっ、おばあちゃん、どうしたの？」

橘はおばあさんの正面に回って腰を曲げ、優しく話しかけた。

おばあさんは首をかしげて、あいまいに笑うだけで何も答えない。

橘は引き続いて、名前や住所、家の電話番号をていねいにきいた。だがやはり、おばあさんは何も答えない。

「とりあえず最寄りの交番に連絡します。剣持先生はおばあさんを――」

「あっ」私はおばあさんの腹のあたりを指さした。

着ているカーディガンの裏に、小さい布が縫いつけてあるように見える。

認知症を患っている人の徘徊《はいかい》対策のために、名前や住所を服に縫いつけることがある。カーディガンの裏の布を確認すれば、おばあさんの身元が分かるかもしれない。

「おばあさん、素敵なカーディガンですね」

私が言うと、おばあさんは破顔した。「そうなのよお」

垂れ目がさらに垂れて、目尻はとけたチーズのようだった。

「カーディガンの裏側を見せてもらっていいですか？」

おばあさんは大きくうなずくと、丸っこい指で木製のボタンを外し始めた。

手先が言うことをきかないようで、ボタンを一つ外すのにも時間がかかる。手伝いを申し出ようかと思ったが、下手に手を出すと嫌な気持ちにさせるかもしれない。

気長に待っていると、数分経って「ボタン、外してくれない？」とおばあさんが言った。

「もちろんですよ」

手を伸ばして、一個ずつボタンを外す。

「裏側、失礼しますね」

カーディガンに手をかけてめくると、やはり、名刺ほどの大きさのメモ紙が安全ピンでとめられていた。

油性マーカーで、「東京都中央区《ちゅうおうく》月島《つきしま》……」と住所が書いてある。丸の内からだと大人の脚で四十分ほどの場所だ。老人だと一時間半はかかるだろう。歩いてくるのが不可能ではないが、相当消耗していることだろう。

「橘さん、これ」

「ああ、よかった。徘徊しても戻ってこられるように、ご家族がつけておいたんですね。あれっ、あれっ、でもこれ、住所だけですか。珍しいなあ。名前や電話番号が書いてあることが多いんだけど。個人情報を大事にする時代だからかな。メモ紙に安全ピンってのも、あんまり見ないですよ。普通は布地を縫いつけたり、ワッペンを貼ったりしますからねえ」

ぶつぶつ言いながらも、橘は最寄りの交番に電話をかけ、段取りをつけてくれた。

近辺では、高齢者の捜索願いが出されていないらしい。徘徊を開始してから時間があまり経っていないのかもしれない。

結局、橘がおばあさんを送っていくことになった。

ところがタクシーをとめて乗せようとすると、おばあさんは頑として動かない。

私の腕をつかみ、「ヨウコちゃん、お月様を見に行く約束だったでしょ」と言うのだ。

橘が私に目顔で「タクシーに乗れ」と言っている。

私が一緒だったら、おばあさんは動きそうな気配がある。

ほんの一瞬だが、事務所に残してきた大量の仕事が頭をかすめた。月島までは車で二十分弱かかる。おばあさんを家族に引き渡し、そこから事務所に戻ると、一時間ほどのロスである。

睡眠時間が短い日々が続いていた。今日中に仕上げておかないと、週末の睡眠時間も削ることになる。

頭をふって、湧きあがる懸念に蓋をした。一旦、仕事のことは考えない。

おばあさんを放っておくわけにもいかないのだ。他に選択肢がなかった。

「じゃあ、一緒に行きましょうか」

私が笑いかけると、おばあさんはやっとタクシーに乗り込んだ。

時刻は午後十時過ぎである。

帰宅ラッシュでもないし終電もある。中途半端な時間だからか道は空いていた。信号にもさほどかからず、十分ほどで目的地についた。

二階建ての木造アパートだった。一見して古びた建物だ。

壁にはクリーム色のトタンが張ってあり、ベランダや柵の手すりは錆びて真っ黒になっている。新しい鉄筋マンションと月極駐車場に挟まれて窮屈そうに立っていた。

奥に細く延びたアパートの一番奥、二〇二号室が、彼女の自宅らしい。

おばあさんに外階段をあがる足腰があるのか不安に思った。が、彼女は先陣をきって二階にあがった。

部屋の前まで来ると立ち止まり、きょろきょろと周囲を見渡した。不思議なことに、部屋に入ろうとはしない。

橘がインターホンを押し「すみませーん」と声をかけた。

反応がない。インターホンが鳴っている気配すら感じられなかった。

古いものだから壊れているのかもしれない。ドアをノックするが無反応だ。

「あれっ、鍵がかかっていませんね」

橘がドアノブを回し、ドアを開けた。部屋の電灯はついていない。

「失礼します、おばあさんを預かっております。ご家族のかたはいらっしゃいますか」

橘の声が暗闇の中に響いた。

「留守なのかなあ、それにしても不用心だ……ちょっと、電気、失礼しますよ」

橘は誰に許可を求めるでもなく言うと、入り口脇の電灯のスイッチを押した。

十畳くらいのワンルームだ。

部屋の中央を見て、私は息をのんだ。

すぐおばあさんの肩をつかみ、外を向かせる。

部屋には、男がぶら下がっていた。

こちらに背を向けていて、人相は分からない。背格好からすると中年に見えた。

首にまかれたロープを視線でたどる。

男は、ぶら下がり健康器で首を吊っていた。

健康器で自殺とは、なんという皮肉なのだろう。

余計なことを考えた隙がいけなかった。おばあさんが私の手からすり抜け、部屋の中を見た。

「トモヒロ、トモヒロじゃないか……」

おばあさんは両手で口を押さえた。

震える指の隙間から「ううっ、ううっ」と低い声が漏れた。

私はおばあさんの肩にそっと手をかけ、ドアから引き離した。

一度見てしまったからもう遅いかもしれない。けれども、おばあさんの視界から死体を消したかった。そうしていればいつか、おばあさんはあの死体のことも忘れることができるかもしれない。

冷たい風が部屋に吹き込んで、死体がかすかに揺れた。

2

午後十一時、パトカーが二台やってきた。

橘がいたおかげで話はスムーズだった。所轄署の刑事にあらましを説明すると、私は帰ってよいことになった。

先ほどまで私にくっついていたおばあさんは、やってきた女性の警察官に「ヨウコちゃん、お月様見られなくなっちゃったわね」と話しかけている。

私でなくてもよかったわけだ。

女性警察官と私の共通点は背が高いことくらいである。きっと「ヨウコちゃん」も背が高い女性なのだろう。

私は橘に一礼すると、外階段をおりた。

このあたりは道幅の狭い裏通りだ。どちらに行けば大通りに出られるかと、スマートフォンの地図アプリを見ていると、外階段を慌ただしくおりてくる音がした。

「ああ、よかった。まだいらっしゃった」所轄の刑事である。「先ほどの話をもう一度確認したいのですが」

刑事は片手に持つメモ帳に視線を落とした。

「男の遺体を見て、おばあさんは『トモヒロ』と呼びかけた。間違いないですか？」

なぜそんなことを確認するのか分からなかった。

いぶかしく思いながらも、「間違いないです」と答える。

「大家さんに確認をとったところ、あの男性は牧田原信二《まきたはらしんじ》さんというらしいのです」

「えっ？　トモヒロさんじゃない？」

「そのようです」

あ然として、口を開けたまま刑事の顔を見つめた。

刑事の目にも困惑の色が浮かんでいる。

どうして思いつかなかったのだろう。

私を「ヨウコちゃん」と呼ぶおばあさんだ。他の人間を間違えることもあるはずだ。

「じゃあ、あのかたはおばあさんのご家族ではないということですか？」

「大家さんの話によると、亡くなった牧田原さんの実家は香川県にあり、ご両親もそちらにいるとのことです」

呆れるとともに安堵《あんど》した。「はあ」とため息が漏れる。

遺体を見たとき、おばあさんの息子が自殺したものと早合点してしまった。おばあさんが一人残される事態は後味が悪い。他の人ならいいというわけではないが、おばあさんの不憫な姿を想像しなくてすむのは助かった。

刑事は手帳に視線を落としながらきいた。

「おばあさんのカーディガンに、こちらの住所が取りつけられていたわけですよね。おばあさんと牧田原さん、どのようなご関係か、ご存じですか？」

「私は何も知らないです。おばあさんとは、先ほど会ったばかりですし」

刑事が疑問に思うのも分かるが、事情はこちらがききたいくらいだ。突然巻き込まれてここまで同行することになったのだ。

「ちょっとちょっと」外階段をあがったところから橘が顔を出した。

「剣持先生、まだ帰らないで。こっちに来てください」

おいでおいでと手招きしている。

嫌な予感がした。

こうして毎度、朝まで付き合わされているのだ。

おばあさんの家が分かるまで残ってくれなどと言われそうである。おばあさんは女性警察官がそばにいれば落ち着くようだが、女性警察官にも仕事がある。おばあさんに付きっきりというわけにはいかない。

迷子のおばあさんを保護するのは警察の仕事だ。

付き添いを頼まれたら絶対断ろうと思いながら、外階段をあがった。

「亡くなった牧田原さん、今日の夕方にある人に電話をかけてるんです。ねっ、ねっ、誰だと思います？」

用件は予想と全く異なるものだった。

けげんに思って橘の顔を見つめ返す。

橘は楽しくてたまらないとばかりににやけている。

「それがね、黒丑益也くんという人にかけているんです。名前も電話番号も一致している。あの黒丑くんで間違いないですよ。さっ、さあ、これはどういうことでしょうね」

そうは言われても、話すことはなかった。

事情がのみこめないのは私も同じだ。アパートの外階段で、錆びていない手すりを探して寄りかかった。

外気はだんだん冷え込んできた。午前零時前、帰宅するには遅めの時間である。酔っぱらった中年男がアパートの前で立ち止まり、パトカーをぼんやりと見て、「なんだあ、サツかあ」と言って、立ち去った。それっきり、通りを行く人の影はない。

橘は黒丑に電話をかけたが、つながらないという。

私もかけてみたが、やはりつながらない。

電源を切っているか、電波の届かないところにいるらしい。

管轄の警察署の刑事に現場を引き継ぎ、橘は現場を離れることになった。いくら新宿署の刑事といっても、管轄が異なる案件に手を出すことはできない。黒丑に関する情報は共有済みだという。

連れ立って大通りのほうへ歩き出す。

「ここだけの話ですがね」橘は声をひそめて言った。「現場には銀色の頭髪が落ちていました」

ぎょっとして橘を見ると、橘はにやりと笑っていた。

考えていることは同じだ。黒丑の髪は銀色だ。

「状況としては、自殺なんでしょう？」

「本当のところは分かりませんよ。僕の管轄じゃないから、ちらっとしか現場を見られていないですけどね。死体の死後硬直は始まっていなかった。死亡推定時刻は一、二時間前。今日の午後八時半ごろから九時半ごろでしょう。牧田原さんの顔のむくみ具合を見るかぎり、かなりの量の飲酒をしていたのではないかと思います。泥酔した牧田原さんの首に後ろからロープをかけて、ぶら下がり健康器に吊るしてしまえばいいでしょう」

通常なら、ロープの下に指を入れて皮膚をひっかいて抵抗するので、防衛創ができるし、紐跡が均等にならない。いくら首つり自殺を偽装しても、死体の状況から他殺だと分かるそうだ。

だが酔いつぶれた人間は充分な抵抗ができない。他殺を自殺のように見せかけることも可能かもしれない。

事務所に戻ってからも落ち着かなかった。仕事を進めるが、気はそぞろだった。黒丑が何らかの関与をしているのだろうか。

黒丑にもう一度電話をしたが、やはりつながらなかった。

被害者の牧田原信二とはどういう人なのだろう。黒丑の話をするときに、牧田原の漢字表記は確認してあった。

何気なく名前をインターネットで検索すると、五年前のニュース記事がすぐにヒットした。珍しい名前だからだろう。

――年、九月十六日、午後六時ごろ、東京都中央区晴海《はるみ》五丁目の桟橋で女性の水死体が発見された。死体で発見された女性は、近隣の船寄《ふなよせ》に停車した自動車に乗っていたものとみられる。当該船寄は、船の修理の際に船を陸揚げするため、スロープ状につくられており、満潮時には浸水する。同日午前五時ごろの満潮時に、女性が乗った自動車が浸水し、海へ流されたものとみられる。自動車に同乗していた男は船寄近くの消防署の職員に救助され一命をとりとめた。男から詳しい事情をきいている。

――年、九月二十一日、警視庁は、東京都中央区晴海五丁目の桟橋で女性の水死体が見つかった事件で、自動車に同乗していた牧田原信二（三十六歳）を業務上過失致死の疑いで逮捕した。死亡した女性とは金銭トラブルを抱えていたとみられる。

新聞が配信しているニュースでの取り扱いはこの程度だった。より検索していくと、週刊誌が続報を打っている。

牧田原と死亡した女は、事件当時交際していた。

月がきれいに見えるスポットがあると言って女を誘い出し、オープンカーで晴海にやってきた。スロープ状の船寄に車をとめ、オープンカーの屋根をあげて月を見ていたところ、満潮の時間にさしかかり水位が上昇。車ごと海へ流されたという。

事の経緯は突飛だが、スロープ状の船寄にとめた車が流される事故は全国で報告されているらしい。インターネットの掲示板では、自動車を故意に破損させて自動車保険の保険金をだまし取る手口の一つとして、当時から取り上げられていた。

保険金目当ての偽装事故も視野に入れて捜査が進められた。

もっとも、スポーツカーはこの日のために友人から借りたもので、牧田原に保険金は一円も入っていない。結局、危険な停車により同乗者を死亡させたとして業務上過失致死罪で起訴され、懲役二年、執行猶予四年の判決が出た。

五年前の事件なので、今は執行猶予期間も満了しているはずだ。

その牧田原が数時間前に死亡した。執行猶予があけて自由の身になったばかりというタイミングだ。

先ほど訪ねたアパートは古い造りで、家賃はかなり安そうだった。オープンカーを乗り回すイメージとは程遠い。

記事によると、五年前の牧田原は保土ヶ谷《ほどがや》で自動車整備工をしていたらしい。車好きだが自家用車は持たず、慎ましく暮らしていた。これといって派手な素行やトラブルはなかった。職場での評判も上々である。

死亡した女性と牧田原は職場の同僚だった。女性から借りた金を返していなかったのは事実だ。だが、貸し借りといっても数万円のことだ。突然の腰痛に襲われた牧田原は、治療のためにお金が必要だったという。

当時、友人の結婚披露宴がひと月に何回か重なり、金欠だったために、交際相手から数万円を融通してもらった。カップルならこの程度の金の貸し借りがあってもおかしくない。

女性から返済の要求はされておらず、交際は順調だった。この日晴海へ出かけたのも、月がきれいに見えるスポットと友人からきいたためだ。

五年前の九月十六日という日付が気になった。数日違うものの、今と同じ月だ。事件が重なるにしては日付が近い。

調べてみると、前日十五日の夜がその年の十五夜である。

中秋の名月を観るために出かけていき、水難事故にあったわけだ。

満潮時刻は十五日の午後六時と、十六日の午前五時となっている。

この時期の午後六時はそう暗くない。おそらく深夜過ぎにでかけて月を見て、翌日午前五時の満潮にやられたのだろう。

気づけば、調べ始めてから小一時間経過していた。

時計を見ると午前一時である。

仕事をしなければならないのに余計なことばかりに気が散る。牧田原を調べたものの、黒丑との関係性はよく分からなかった。

黒丑が何をしていても何者でも構いはしないのだが、仕事上の心配はある。「暮らしの法律事務所」の業務の中で、依頼人の個人情報に触れることもある。悪用されるようなことがあると一大事だ。

こういうときのために保証人を立てさせたのだった。ホストクラブのオーナーが黒丑の保証人になっていた。

保証人に電話をかけ、黒丑の所在を尋ねると、意外にもあっさり「店に出勤していますよ。ちょうど仕事が終わったところです」との答えだった。

午後七時ごろから店に入り、ずっと店にいるという。昨夜からスマートフォンが壊れたと漏らしていたらしい。

「本人と替わりましょうか？」

オーナーは親切に申し出たが、断った。

私から電話があったことも伏せておいてほしいと伝えて電話を切る。

黒丑が勤めている店は警察にも伝えてある。

警察のほうで事情聴取に動くだろう。

死亡推定時刻は午後八時半から九時半。黒丑は午後七時から現時点、午前一時にいたるまで店内にいるのだからアリバイがある。

被害者と黒丑のつながりは気になるが、事件に直接関係しているわけではなさそうだ。内心かなりほっとした。

電話が鳴ったのは、午前三時過ぎのことだった。

私は一仕事終え、次の仕事にとりかかるまえに仮眠をとっていた。

スマートフォンの振動音でとび起きた。

画面を見ると橘からである。

電話に出るか一瞬迷ったが、これで出なかったら起こされ損のような気もして、「はい」と不機嫌な声で応答した。

「ねっ、ねっ、剣持先生、大変なことになりましたよ。おばあさん、警察署からいなくなっちゃったんですって。所轄の警察署から今連絡がありました」

おばあさんは身元が分からなかったため、近隣の警察署で一夜を明かす予定だった。警察署に連れていかれて、しばらくの間は大人しかったという。動きは緩慢で、何を言われても「はい、はい」と従っていた。

ところが、深夜二時くらいに起きだして「ここから出してくれ」と騒ぎだした。話しぶりはハキハキとして、別人のようだったらしい。

「急に頭がはっきりして、名前や住所をすらすら言い始めてねえ。瀬戸《せと》みえ子《こ》さんって言うらしいですよ、あのおばあさん。直近の自分の行動については何も覚えていないみたいで、剣持先生や僕のことも全く知らないと言っているんですって」

「まだら認知症ってやつですか？」

「きっと、そうなんでしょうねえ」

脳血管の障害によって生じた認知症だと、時間帯によって症状に差が出る。いつもできることが突然できなくなったり、その逆になることもある。

人によっては人格ががらりと変わることもあるらしい。

本人としても、急に頭がはっきりして、別の自分が行ったことの結果を突きつけられてがく然とするのだ。

「牧田原の死亡についても瀬戸さんは知らないと答えているんですけどね。ただね、牧田原が死んだときいて『ついにやったのね』とつぶやいたんですって。どういうことなんでしょう、ねっ、ねっ」

電話の向こうで橘がはしゃいでいるのが想像できた。

新しい事実が明らかになり謎が提示されるたびに嬉しそうにする男だ。勤務成績は悪くないようだが、野次馬のような態度に不快感を抱く人もいるだろう。

「牧田原さんと瀬戸さんは面識があるんですか?」

「さあ。何か知っていそうだけど、瀬戸さんは口を割らなかったみたい。深夜に騒ぎ出したから当直の警察官が話をきいていたのだけど、途中で警察署のトイレに行ったきり、行方をくらませたんですって。おばあさんだからって、警察も油断していたわけだね」

瀬戸の「ついにやったのね」という言葉からすると、牧田原が自殺しそうだと知っていたように思える。

瀬戸は牧田原を知っていたはずだ。

瀬戸と牧田原の間にどんな関係があるのだろう。数時間前にも所轄の刑事にきかれたことだ。私自身、胸のうちに引っかかっていた。

先ほど調べた海難事故の話を橘に共有する。

牧田原の前科情報は警察のデータベースですぐに出てくるはずだ。前科の存在は管轄の警察署も知っているだろう。

だがこの短時間では、現場の鑑識や遺体の検視などで手いっぱいで、水難事故の詳細を把握しているとも思えない。

「瀬戸さんが、水難事故の関係者ではないかってことですか？」

橘の察しはよかった。

「ま、ちょっと調べてみますよ。現場近くの交番に長く勤めている警察官を知っているから。今日は新宿も平和でねえ、僕も退屈していたところだったんですよ。ふっふっふっ……」

不気味に笑うと橘は電話をきった。

もう一度仮眠に戻ろうかとも思ったが、目はすっかりさめていた。

頭がしゃっきりしているわけではない。寝るのにも体力がいる。眠いけど眠れない。

社会人になって初めて知った感覚だ。寝ることにかけては相当得意なほうだけど、最近は働きづめで疲労とストレスが限界近くまで達していた。

伸びをして執務室の外に出る。

事務所のパントリーにある自販機で、カップ式のコーヒーを淹《い》れた。口に含むが、ほとんどコーヒーの味はしなかった。酸味が強くコーヒーの香りが弱いせいで、薄めたトマトジュースのような味だ。

それでも温かいものを飲むと身体が温まる。首を回し、肩を回し、身体を反らせてコリをほぐすと徐々に気持ちも軽くなってきた。

パントリーの入り口に背中をあずけ、執務スペースを見渡した。

秘書やパラリーガルが腰かけるオープンスペースの電灯は消えている。オープンスペースを取り囲む執務室のうち、三割くらいの明かりがついていた。

各執務室には弁護士三人から五人分ほどの席がある。ベテラン弁護士はもう帰っているだろうが、若手弁護士は夜遅くまで頑張ることも多い。土日に働くくらいなら金曜夜に仕事を終わらせてしまおうと考えるらしい。

私の場合、抱えている仕事の量が多すぎて、土日も働くことは確定していた。少しずつでも片付けていかないと、来週の自分が困ることになる。

コーヒーを飲み干し、もう一杯カップに注いだ。

3

執務室に戻ると、丸いシルエットが視界にとび込んできた。

弁護士の津々井だ。

還暦を迎えているから、私の父くらいの世代にあたる。太っていて、白いワイシャツの腹がはちきれそうだ。ベルトが回らないらしく、サスペンダーをつけている。サンタクロースのようでもあり、人気のフライドチキン店の創設者のようでもある。

「最近は個人受任で忙しそうですね」

津々井はワイシャツをまくりながら言った。丸っこい手首のまわりに高級時計が光る。

「津々井先生も、こんな時間にどうしたんですか」

津々井は事務所の創設者で、大ベテランの一人だ。

契約書を作ったり法律問題をリサーチしたりといった作業は全て若手に任せて、クライアントとの会議や会食ばかり行っている。

深夜の事務所に顔を出すのは珍しかった。

「若手弁護士の一人が大ポカをしましてね。クライアントが怒っています。僕はその尻拭いといいますか、バックアップのために呼ばれたのですよ」

津々井が登場するなんて、相当なインシデントが起きたのだろう。

ポカをしたという若手弁護士の心中を察すると、気の毒になってくる。

深夜に呼び出された津々井も気の毒といえば気の毒だが、そのぶん稼いでいるのだから同情はできない。

津々井の状況が理解できないわけでもなかった。私も最近は、黒丑のことで振り回されてばかりだ。

黒丑を雇ったことで『暮らしの法律事務所』から引き継いだ案件の処理はかなり楽になった。受けられる案件数も増えている。

だがそれに比例するように、トラブルも増える。

正直なところ、黒丑に対して疑念を抱いていた。

橘が指摘するように、先月の運動会での行動も怪しい。黒丑と会った直後に峯口という弁護士は死亡したのだ。今回も牧田原が死亡直前に黒丑と連絡をとっている。

偶然と言えるのだろうか。

黒丑と知り合ったのは三カ月前のことだ。

それから毎月のように死体に遭遇している。

橘から「死体を見つける天才ですか」と揶揄《やゆ》されたこともある。黒丑と知り合ってから、物騒なことに巻き込まれやすくなったような気がする。

疑念は胸にしまって、そのまま働いてほしいという気持ちもある。代わりのアルバイトを雇うにしても、すぐに見つかるわけではない。直近の仕事量だけでも相当なもので、今黒丑に辞められると業務がパンクしてしまう。私ひとりでは体力が持たないのだ。

しかしやはり、少しでも怪しいと思った人は業務に触れさせないほうがいいのかもしれない。迷うばかりで決心はつかなかった。

「信用できない部下をもったとき、津々井先生ならどうします？」

執務室の中に沈黙が流れた。

津々井がキーボードを打つ音だけがきこえる。

この人にきいてどうするという感じもしたが、彼は一応事務所の創設者だ。弁護士四百人超、秘書などのスタッフを含めると千人以上の部下をもっている。

「部下を信用するのは上司の仕事だが、上司を信用させるのは部下の仕事だ。自分の仕事をしなさい。そして、部下が仕事をしていないなら、仕事をさせなさい」

津々井はキーボードを叩きながら言った。

禅問答のような答えである。

雑談しながらメールを書き、新聞を読みながら電話ができる男だ。難解な法律論を扱っているときも、緊張感ある謝罪をしているときもそうなのだから驚かされる。

実質的に人の二倍三倍の時間があるのと同じだ。根本的に器用なのだろう。

「剣持先生が個人受任をし始めるとは思っていなかったのですが。あの一件以来、心境の変化でもあったのですか？」

「何のことでしょう」

詮索にいらだって、私ははぐらかした。

津々井はキーボードを打つ手を止めずに言った。

「遺言状の件ですよ。剣持先生のご友人が奇妙な遺言状を残してらっしゃったでしょう。あの一件以来、剣持先生が大人しくなったように思うのですが」

今年の二月、ボーナス額が低すぎたことを理由に私は事務所を離れた。莫大《ばくだい》な報酬が得られることを見込んで、奇妙な遺言状にまつわる事件に首を突っ込んだが、結局一円にもならなかった。事務所に戻してくれたのは津々井の厚意である。

心境の変化がなかったといえば嘘になる。

だがそんなこと、人に絶対言いたくない。

経験を積めば、気づくことが増えるのは当然だ。

考え続けていれば、考えは変わるものだ。

それを変化だとか成長だとか、きれいな言葉でまとめる奴らは、何も分かっていやしない。

「別に、私はもともと騒がしくはなかったと思いますが」

そう言うと、自分の仕事に戻った。

津々井もそれ以上、追及してこなかった。

私は楽天的なほうだし、普段から考え事なんてしない。

自分の成長や変化に全く興味がないのだ。

だからだろうか。

他人から「変わった」とか「成長した」などと言われると、無性に腹が立つ。

なんて上から目線なのだろう。

他人に私の何が分かるというのだ。私自身も分かっていないことを外側からちょっと見ただけの人が分かるわけがない。

正直なところ、私の大部分は何も変わっていないのだ。

プリズムのように、見る角度によって見え方が異なるだけだ。片側だけを見てアレコレ言って、別の側面を見たら「人が変わった」と騒ぐなんて、見るほうの底が浅すぎる。

瀬戸みえ子の愛嬌のある顔が脳裏に浮かんだ。

深夜過ぎ、警察署で豹変《ひょうへん》したという。

先ほど会ったときは、穏やかで人懐っこいおばあさんという感じだった。

「お月様のいるところに行きたいんです」

私の腕をつかんでそう言った彼女は、幼稚園の先生に「トイレに行きたい」と申し出る幼児のような、無邪気さと切実さがあった。

これも彼女のほんの一部にすぎないのかもしれない。

実際は警察官の隙をついて警察署から逃げだすほどのエネルギーの持ち主だ。私の腕をつかんだときも力は妙に強かった。肉体的には丈夫なのだろう。

午前四時を回ったころ、また電話が鳴った。

橘からだった。

「ふっ、ふっ、ふっ……調べましたよ」

嬉しそうな声である。

「瀬戸さん、見つかったの?」

割り込んできくと「いえ、まだですが」と少し不機嫌そうに言った。

「でもねっ、ねっ。面白いことが分かりました。五年前の水難事故、なくなった女性のかたのお名前ですよ。何だと思います? ねっ、ねっ」

いつもこうである。

新しい情報を言う前に、いちいち予想をきいてくる。橘の口癖のようなものでこちらも返しはしない。さっさと結論を言えばいいのにと、いらだちを通り越して呆れてしまう。

「鎌田容子《かまたようこ》さんというんです」

私は息をのんだ。「それって――」

「そう、ヨウコちゃんですよ。認知症の症状が出ているときの瀬戸さんが呼びかけていた、ヨウコちゃん。鎌田容子さんは、バレーボールで国体に出るほどの選手でした。身長が高く、すらっとしていたそうです。だから剣持先生は間違われたのですかねえ」

私が声をかけられたのは、オープンカフェから立ち上がった直後だった。

通りすがりの瀬戸は、急に目の前に現れた背の高い女をみて、「ヨウコちゃん」と勘違いしたのだろうか。

他に「ヨウコちゃん」と呼びかけられていたのは、牧田原の自宅に駆けつけた女性警察官だ。彼女も身長が高かった。

「どういうことなんでしょうねえ、ねっ、ねっ。ヨウコという名前はよくありますから、偶然かもしれませんけどねえ。認知症の状態でも出てくるくらいだから、ヨウコさんは瀬戸さんにとって大事な人だったんでしょう」

「牧田原さんの自宅には、銀髪が落ちていたんですよね」

「えっ？　ああ、そうです。なるほど、そうか――」

あのときはちょうど黒丑の話をしていたから、銀髪と言われてまず黒丑が浮かんだ。だが銀髪の者はもう一人いた。

瀬戸みえ子である。

銀髪というか白髪《しらが》だが、一、二本現場に落ちている限り、見分けがつかないだろう。正気にもどった瀬戸は「ついにやったのね」とつぶやいた。「牧田原がついに自殺を遂げた」という意味だとばかり思っていたが、違ったのかもしれない。あれは、「ついに、もう一人の自分が牧田原を殺《や》った」ということではないか。

背筋が冷えるのを感じた。

認知症の症状がでているとき、高齢者であっても思いがけないほど強い力を発揮するときいたことがある。被介護者の暴力は、介護者の離職の一因になっているという。もともと身体の丈夫な瀬戸であれば、泥酔した牧田原の首にロープをかけ、思いっきり引っ張るくらいできるかもしれない。

現場にはぶら下がり健康器があった。

ぶら下がり健康器のバーの上にロープを通し、自分の体重をかけてロープを下に引けばいい。

オープンカフェで瀬戸に会ったのが午後十時過ぎだった。現場から丸の内のオープンカフェまで徒歩で一時間半ほどかかる。

牧田原の死亡推定時刻は午後八時半から九時半だ。

牧田原を殺したあと、あてもなく歩いていたとすると計算が合う。

もう一人の自分が牧田原を殺したと悟った瀬戸は、警察署から姿を消した。

名前や住所も警察に告げていたというから、逃亡するつもりはないはずだ。

事情は分からないが、瀬戸が行きそうな場所には心当たりがあった。

「お月様のいるところよ」

「何ですか急に」

「瀬戸さんは晴海の船寄にいるはず。十五夜の今夜、月が一番きれいに見える場所だから」

ハッと思い、満潮時刻を調べた。

今夜の満潮は午前五時である。

腕時計を見ると今は四時十五分だ。

瀬戸にとって大切な存在だった「ヨウコ」は、五年前の十五夜の夜、満潮の波にさらわれて死んだ。

仇《かたき》である牧田原を殺して、「ヨウコ」のあとを追おうとしているのではないか。

「晴海の西側に、スロープ状の船寄がある。瀬戸さんはそこにいるはずです。午前五時までに助けにいかないと」

事情をのみこめていない橘に早口で説明する。近くの警察署にも連絡を入れるという。警察に任せておけばいいかもしれない。

だが次の瞬間には私は動いていた。

警察は信用できない。いや、警察が私たち一般市民の声を信用してくれないのだ。今回の話もどれだけ動いてくれるか分からない。

事務所の前でタクシーにとび乗った。車で十五分の距離だ。

今から向かえば間に合うはずだが、気は急いた。

間に合ってほしい。

素敵なカーディガンですねと褒めたときに「そうなのよお」と破顔した瀬戸。垂れ目がさらに垂れて印象的だった。

彼女は今、目を閉じて死のときを待っているのだろうか。

4

大慌てで晴海に着いた。

街灯は少ない。月明かりがおぼろげに周囲を照らしていた。

タクシーの中で上空写真を確認し、スロープ状の船寄がありそうな場所にはあたりをつけてある。

腕時計を見ると、午前四時三十二分だ。

五時になれば日が出て、周囲は一気に明るくなるだろう。

だが明るくなるのを待つわけにはいかない。

五時までに瀬戸を見つけなければならなかった。

海から風がびゅんびゅんと吹きつけ、カーディガンの裾が揺れた。秋口だというのに、かなり肌寒い。

予想していた場所に、やはりスロープ状の船寄はあった。事故があったせいなのか、立入禁止の柵が設けてある。

助走をつけて、柵を飛び越える。

遠目に、船寄に横たわる人影が見えた。月の光を遮るものがないからだろう。人影は一層濃く、はっきりと浮き出るように見えた。

「瀬戸さん！　瀬戸さん！」

大声を張り上げながら走った。

寝返りを打つように、人影が少しだけ動いた。

「瀬戸さん、大丈夫ですか」

船寄に近づきながら声をかける。

スロープ状の地面に瀬戸は横たわっていた。

両手を胸の上で組み、行儀よく脚をそろえ、空を見上げている。地面に傾斜がついているせいで、介護用ベッドで寝る患者のようにも見えた。

瀬戸の腰から下は海水につかり、足は水面に浮いていた。

「瀬戸さん、大丈夫ですか」

声をかけても反応はない。

近寄ってのぞき込むと、瀬戸の瞳の中にぽっかりと丸い月が浮かんでいる。目がかすかに動いた。反応は鈍いが生きている。

安堵が胸のうちに広がった。

「瀬戸さん、引き上げますよ」

瀬戸の肩に手を回し、海水から引きずりだそうとした。本人が力を抜いているためか、とても重い。何度か失敗し、腰を使ってやっと瀬戸を移動させることができた。

瀬戸は事態がつかみきれていないようだ。

地面に手をついて身体を起こし、茫然と私のほうを見た。

「あなたは……?」

瀬戸は私のことを覚えていないのである。

「数時間前のあなたに会った者です」

「あっそっか。ごめんなさいね。私、記憶がとぎれとぎれで。覚えていないのよ。勘弁してちょうだい」

事前にきいたとおり、瀬戸は別人のようだった。

数時間前に会ったときよりハキハキと話す。一瞬戸惑いを見せた表情も、すぐにしっかりしてきた。

「せっかくのところ悪いけど、放っておいてちょうだい。今のうちにやらなきゃいけないのよ」

瀬戸は手で身体を支えながら立ち上がった。

ずぶ濡れの下半身から水がざっと流れ落ちる。

スプリングコートは警察署で脱いだようで、えんじ色のカーディガン姿だ。水を吸ったカーディガンはずっしりと重そうに、瀬戸の丸みのある身体に張りついている。

身体を冷やしたまま放っておくと肺炎にかかってしまいそうだ。

「早まっちゃいけません」

通せんぼをするように私は瀬戸の前で両手を広げた。

「通してちょうだい。私は月見をしていただけですよ」

「びしょ濡れじゃないですか。早く着替えないと風邪をひきます」

「放っといてちょうだい！」

瀬戸は思いっきり叫んだ。

どこからそんな力が出てくるのか不思議なくらい、力いっぱいの絶叫だった。耳がキーンと痛むほどの声量だ。

数秒してやっと、ザザッザザッという波の音がきこえるようになった。

「いけません」

再び前に立ちはだかったが、瀬戸は思いっきり私を押してきた。ものすごい力だ。とっさに瀬戸のカーディガンをつかむと瀬戸も私のカーディガンをつかんで押してくる。

相撲のような揉み合いだった。身体の重心を低くして、瀬戸の身体を受け止める。足元はいつものハイヒールだ。ハイヒールを履いた状態での中腰は、つらい姿勢である。

コンクリートとの摩擦で、ヒールの先のゴムがぎぎっと音をあげた。ハイヒールを脱いだほうがいいのは分かっているが、揉み合いは始まっている。脱ぐだけの余裕もなかった。

後ろに転倒しそうになりつつも、腹筋に力を込めてなんとか耐えた。

瀬戸もさすがに息があがってきたようだ。一時の興奮状態での力は強くても、あくまで老人である。持久戦に持ち込めば押さえ込める。

数分耐えたところで、やっと警察官たちが駆けつけた。汗だくになりながら、警察官に瀬戸を引き渡す。

「一体、どうしたんですか」

警察官たちは明らかに困惑している。橘から連絡があり、管轄の警察署から来たというが、事情を分かっているわけではなさそうだ。

いぶかしげに私たちを見下ろした。

私は先ほどの格闘で息があがり、地面に手をついて座っていた。瀬戸も同様で、ハアハア言いながら、地面に座り込んでいる。

複数の警察官に囲まれて、瀬戸はやっと大人しくなった。

腕時計を見ると午前四時四十五分である。

警察官たちは満潮には間に合った。だが長時間海水に浸かっているだけで、高齢者には命の危険がある。もっと早く出動できないものかと嫌味を言ってやりたくなったが、ぐっと我慢した。疑いは私の目にも向けられているのだ。

順序だてて説明すると、警察官たちの表情は次第にやわらいだ。

「……つまり、牧田原さんを殺した瀬戸さんが、死を選ぼうとしていると思って、ここに駆けつけたと。はあ」

警察官はぼんやりとした表情のまま、首をかしげた。

「おっしゃることは分かりましたけど。牧田原さんの殺害後、自分も死ぬつもりなら、牧田原さんの死を自殺に偽装しなくてもいいんじゃないですか」

もっともなことを言うので腹が立った。

「知らないわよ！」

警察署から瀬戸を逃がしておいて、他人事のように正論を言ってくるのが腹立たしい。

「とにかく、瀬戸さんが見つかったんだからいいじゃない。もうすぐ満潮で、波にさらわれるところだったのよ。自殺か他殺かなんて、私知らない」

一気に言って立ち上がった。強い風が吹き、身震いをした。

周囲の建物の淵《ふち》がだんだん濃くなっている。

もうすぐ夜明けだ。

「その子の話は、ある意味、正しいよ。私が牧田原さんを殺したようなものだもの」

瀬戸はぼそりと言った。

警察官たちが一斉に瀬戸を見る。

瀬戸は背中を丸め、体育座りのように脚を引き寄せた。うつむいた姿勢のまま話しはじめた。

「満潮の時間を調べているってことは、五年前の事件についても知っているのよね。

牧田原さんも容子ちゃんも、私は知り合いだった。夫の会社の取引先で働いていたからね。夫の会社はもう潰れちゃったけど」

瀬戸の夫の会社が倒産しそうになったとき、瀬戸は自分の車を売却して金に換えようとした。だが中古車の買い取り価格はそう高くない。

担当したディーラーに「全損事故を起こして自動車保険の保険金をもらったほうが高いくらいですよ」と言われたという。

瀬戸にとって悪魔のささやきだった。

調べてみると、全損事故でおりる保険金は、車の売却価格の三倍にのぼった。

なんとか上手く事故を起こすことはできないか。そんなことを考えては否定する日々だった。

牧田原が車を貸してほしいと言い出したのは、そんなときだった。恋人を乗せて月見デートに行くという。

瀬戸は悪魔のささやきに負けた。

「とってもいいお月見スポットがあるのよ」

そう言って、晴海の船寄を教えてやった。

船寄で水没させると、自動車の全損事故を偽装できるという情報はインターネットの掲示板で得ていた。

いずれの事故でも負傷者は出ていなかったため、水難事故を軽く考えていたのである。

牧田原が瀬戸の勧めどおり晴海に行くとも限らなかった。行くか行かないか、半々くらい。だがそれがよかった。必ず行けと脅すのには、脅すほうにも勇気と覚悟がいる。最終決定を他人に委ねてしまえるのは、瀬戸にとっても都合がよかったのだ。

「でも、あんなことになるなんて。私がバカでした。容子ちゃんが亡くなってしまって」

瀬戸は脚をさらに引き寄せた。身体は小刻みに震えている。寒いのかもしれないし、精神的なものかもしれない。

「こうすれば儲かると分かっていても、それはやってはいけないという境界線があるのよ。普通の人は境界線で立ち止まって引き返す。それなのに私は、突き進んでしまったのよ」

容子は死に、牧田原には前科がついた。瀬戸は保険金を手に入れたが、すぐに夫の会社が倒産し、会社の債権者への支払いで手元には一円も残らなかった。

牧田原の執行猶予の間じゅう、瀬戸は牧田原を気にかけて、たびたび会いに行ったという。

謝っても謝りきれない。

牧田原のほうでは瀬戸を恨む様子はなかった。あくまで自分が決めて実行したことだと思っているらしい。

牧田原は日に日に弱っていったが、「執行猶予の間は生きていないと、罪を償った感じがしない」と漏らしていたという。

この日は事故から五年目の十五夜だった。

もしやと思って牧田原の家に出かけていくと、牧田原は自殺していた。

ぶら下がり健康器にぶら下がる牧田原の遺体を見て、急に頭がぼんやりとしてきた。

何が何だか分からなくなる。

認知症を患っている瀬戸にとっては日常的な発作だった。

周囲がぼんやり見える。

人の顔にもやがかかったようになり、誰が誰だか分からない。

数分後には、牧田原の遺体を見ても、「これは誰だろう」と思うようになってきた。

何かとても大切な存在だったような気がする。

遺体をこのままにして腐敗させるのはよくない。通報しなくてはと思っていたのだ、と思い出す。

だがその思考もすぐにもやの中に隠れてしまう。

牧田原の部屋の中にあったメモ帳から一枚破りとり、牧田原の自宅の住所を書きつけた。身体のどこかに貼っておけば、保護されたときにこの住所に連れて行ってくれるだろう。

瀬戸が覚えているのはここまでだ。

どうしてカーディガンをコートの上に着たのか、どうしてカーディガンの裏側にメモ帳を安全ピンでとめたのか、自分でも分からない。

ちぐはぐな服を着てしまうのは、瀬戸がよく陥る症状なのだという。

「私ね、もう怖いんですよ。どんどん自分が自分でなくなっていく。きっとそのうち、牧田原さんのことも容子ちゃんのことも忘れてしまう。だからね、頭がはっきりしているうちに責任をとって死んでしまいたいんです」

瀬戸はすっと空を見上げた。

月が浮かんでいる。

ウサギが餅をつくという模様まではっきり見えた。

次第に空は明るくなってきた。建物の淵からオレンジ色の光が差してくる。

あっという間に太陽がのぼった。

月はもう空の端に追いやられている。輪郭だけを残して表情は消えた。

強い朝日に照らされて、今や輪郭までも失われそうになっている。

瀬戸のすすり泣きがきこえた。

「牧田原さんは立派でしたよ。ずっと容子ちゃんのこと、あの事故のことを忘れなかった。だから裁判後あの家に引っ越して、住み続けていたんです」

「あの家？」

牧田原は老朽化が進んだ二階建てアパートに住んでいた。

罪人である自分はぜいたくな暮らしができないと考えていたのだろうか。

ここからそう遠くない場所だ。

「事故を忘れないために、事故現場近くに住んでいたということですか？」

当てずっぽうに言うと、瀬戸は首を横に振った。

「事故現場近くに、という思いはあったでしょうけど。あの家にはそれ以上の意味があった気がしてなりません」

瀬戸は涙をぬぐった。

「だってあの家の住所、東京都中央区、月島ですもの……」

月見に行って恋人を死なせてしまった牧田原。

月を見るのすら嫌だったはずだ。

あえて「月」のつく地名に住んで、毎日のように「月」という字を目にする生活を選んだ。わざと自分を痛めつけるような選択である。自責の念が彼をそうさせたのだろうか。

「ああ、お月様、もう見えなくなっちゃった」

瀬戸が寂しげにつぶやいた。

周囲はすっかり明るくなっていた。

どこからともなくカラスが鳴く声がきこえ始める。瀬戸のすすり泣く声は、朝の喧騒にかき消されてしまった。

あんなにはっきりと見えた月も、いまはどこにも見えない。

警察官たちが瀬戸を支えてパトカーへと導いた。事情をきいて家に帰らせるのだろう。

まぶしい朝日に目を細めながら、瀬戸の背中を見送った。

――こうすれば儲かると分かっていても、それはやってはいけないという境界線があるのよ。

瀬戸の言葉を胸のうちで反芻《はんすう》した。

数カ月前の自分に教えてやれれば、妙な遺言状の事件に巻き込まれることもなかった。

苦い思いをかみしめながら空を見上げると、何も知らないひつじ雲が呑気そうに浮かんでいた。

今日もまた新しい一日が始まる。

第五話　ピースのつなげかた

1

山神様の日は炭仕事が休みになった。

おっとうと兄さんたちは賭場に出かけていく。私はまだ小さくて、賭場にはついていけなかった。あのとき私はほんの十歳の少年だった。

家に帰っておっかあに湯を入れた。赤子を産んでから肥立ちが悪かった。当たり前である。たいした飯がないんだもの。

赤子はぎゃんぎゃんと泣き続けた。ほとんど乳も飲んでいないのに（おっかあの乳の出が悪いらしい）、よくもまあ泣くものだ。おっかあは薄い麦がゆを食べたあと、ぐったりと寝入ってしまった。

おっかあはさっきまで針仕事をしていた。豪奢《ごうしゃ》な裁縫箱がすぐ近くに転がっていた。薄紫色のちりめんがぜいたくに施されている。加賀《かが》にいる遠縁から嫁入りの祝いにもらったという。

嫁入りを祝うなんて変だ、と子供ながらに思っていた。嫁にきてからのおっかあは苦しいこと続きだ。苦労をむかえうつ景気づけに嫁入り道具をそろえるのだろうか。

赤子はぎゃあぎゃあと泣きわめいた。抱えて揺らしてやってもおさまる気配がない。

おっかあはいつも近くの地蔵で願掛けしていた。昼泣くぶんにはいいが、夜に泣かれると困るのだ。

かすっかすっと、土に細いものが刺さる音がした。

やばい、と思った。

慌てて赤子を揺らすリズムを速める。

「さるさわの池のほとりで泣くきつね、アピラオンケンソウカ、アピラオンケンソウカ」

おっかあから教わったおまじないを唱えても、赤子は泣きやまない。

「ちょっとお、あんたっ」

怒鳴り声がとんできた。やはり、二軒隣のおばさんだ。いつも孔雀《くじゃく》みたいに派手な格好をしている。赤子がうるさいと文句を言いにきたのだ。

数年前にできた山道を使って、町のスナックに働きに出ている女だ。昼前のこの時間は、村に帰ってきて寝床につくのが彼女の習慣らしい。寝入りばなを赤子に邪魔されるのが気に食わないのだ。

庭先に立った女は、死んだように寝ているおっかあをじっと見た。

「炭焼きをすると貧乏するって言うだろ。もうやめちまいなよ」

誰に向かって言っているのかと思えば、私に言っているらしい。

うちは代々山仕事をしている。

山仕事をやめるなんて言ったら、おっとうが怒りだすに違いない。

「手を使って稼ぐ時代は終わったんだ。これからは頭を使うんだよ。頭を使って、他人の手を使うのさ。分かったかい、ぼうや」

ひじきみたいに太い睫毛《まつげ》が私のほうを向いていた。強い香水の香りが鼻先をかすめる。鼻が曲がりそうだった。

何か言い返してやりたいと思ったが、もじもじと赤子を抱きなおすだけで何も言えなかった。

「あんたね、そんな赤ちゃん、こっそり殺しちまいなよ」

女は声を低くして言った。

女の言うことが分かったかのように、赤子は急に泣きやんだ。

入れ替わりで、ヤマガラが呑気に鳴く声がきこえたのを覚えている。高い音で響くのだ。このときヤマガラが鳴いたせいで、長じてからも、音色の似ているパトカーの音が嫌いになった。

赤子は小さい手で私の小指をぎゅうっと握りしめた。ほんの小さい指、ほんの小さい爪。こんなに全てが小さいのに、人間の形をしている不思議な生き物。

こいつを殺してしまいたいと思ったこともある。

こいつのせいでおっかあは弱りはて、おっとうが怒り、兄さんたちは私をいじめた。けれども、こいつがニイッと笑う瞬間や、口を開けたまま寝ている姿を見ると、よからぬことを考えた自分を慌てて否定した。

もう余計なことは考えないから、すくすく育ってほしいと願うのだ。

「本当は産まなきゃよかったって、あんたのかあさんも思ってるよ」

女の言葉が錐《きり》のように胸に刺さった。赤子のことではなく、私のことを言われているような気がした。

女が私の左脚を見ていることに気がついていた。

五つのときに木材の下敷きになった。左脚の関節が上手く動かず、引きずるようにしてしか歩けないのだ。家では一番のお荷物だが、末っ子だから許されてきた。だが末っ子の座も数カ月前に奪われてしまった。

赤子はまたぎゃあぎゃあと泣き出した。泣き声にかぶさるように、ヤマガラの声がきこえてきた。

頭がぼんやりした。ほんの一瞬だった。すぐに弾けるように頭が冴《さ》えわたった。当時の私は自覚していなかったが、頭の冴えこそが私の財産だったのだ。

赤子を抱えたまま、おっかあの裁縫箱に片手を伸ばした。一番長い針を取り出して手のひらに隠す。

さらに激しく泣く赤子の顔をじっと見た。顔を真っ赤にして、無茶苦茶に泣いている。赤子ながらに、やばいときは分かるんだな。

深呼吸すると座敷に赤子を置き、女のほうへ歩みよった。

「おばさん、左の肘に何かついてるよ」

女はテロテロと光る薄手の白いジャケットを着ていた。

女が腕をあげ肘をのぞきこんだ瞬間、女にとびかかり、脇に針を突き刺した。ぐぐっと力をいれて、奥まで押し込む。案外簡単に入り込んだ。

「え？」女の口から困惑の声が漏れた。「なにしたの、あんた」

声はかすれていた。

次の瞬間には、女は胸を押さえてその場にうずくまった。

すごい形相でこちらをにらんで、そのままぱたりと倒れ込んだ。

あのときの女の顔は忘れられない。今でもふと、鏡の向こうから女が見ているような気がするときがある。あるいは、扉を開けると、あの女がぬっと立っているような気がするのだ。

いつでもあの女が私を見ている。

だからだろうか。事あるごとにあの女の言葉を思い出した。頭の中にこびりついて、もう離れなくなっている。

嫌な女だったが、言っていることは正しかった。

自分の手を使うべきではないのだ。何より後味が悪い。針を押し込むときの感覚は、私の親指に深く刻まれた。先端恐怖症なのもこのときのせいだ。

頭を使って、人を使う。

本当にそういう時代になったものだ。女はやはり正しかった。

「おっかあ、おっかあ」

寝ているおっかあの肩をゆすった。

「おばさんが、庭で倒れた！」

白いジャケットにはぽつんと小さな赤い染みができている。
四、五センチほどの長い針を脇から刺せば心臓に到達して死亡することは、人から借りた怪奇雑誌で知っていた。
なによりも幸運だったのは、女の白いジャケットがおろしたてだったことだ。検品漏れをしたジャケットの中に針が混入したのだろう。警察はそう判断して、事故死と処理された。

うちの裁縫箱から針が一本減ったことなど誰も知らない。

ただ一人、おっかあを除いては。

おっかあは何も言わなかった。何も言わないまま、その年の暮れに死んだ。

「会長、起きてください。会長」

遠くから男の声がきこえた。兵隊の行進のようにきびきびとしたかけ声だ。

「会長、会長」

塩谷《しおや》の声だなと思った。

まぶたは重い。塩谷の声にまじって、パトカーのサイレンの音がした。

音はかなり遠い。弱々しいくらいの音量で耳に届く。だが私を夢からさますのには充分だった。

パッと目を開くのと、塩谷がつぶやいたのが同時だった。

「全く。じいさんは昼寝が長くて仕方ないや」

ぎろりと見ると、塩谷の端正な顔に焦りが浮かぶのが見てとれた。

「会長、おはようございます」へりくだった声色で言う。

「全部きこえているっ！　馬鹿者！　この、馬鹿者！」

思いっきり唾をとばして怒鳴りつけた。唾をよけると私がまた怒ると分かっているから、塩谷は唾の受難に耐えている。いい気味だ。老人の唾の刑に処す、と心の中でつぶやいた。

どいつもこいつも、私を老人扱いしやがって。

「おい、牛乳！」

塩谷が優雅に銀製のミルクジャーを持ち上げた。バカラのグラスに白い液体が注がれる。

手渡されたグラスをぐいと握ると、一気に飲み干した。

今でも日に三個の生卵と、一リットルの牛乳を欠かさない。

このあいだは、最近流行っている立ち食いステーキの店で四百グラムの肉を平らげてきた。虫歯が一本もない、この自前の歯で、だ。

広尾《ひろお》の自宅から虎ノ門《とらのもん》のこのオフィスまでは毎日歩いてきている。朝晩一時間ほどのウオーキングだ。不自由な左脚とも七十年以上の付き合いになる。慣れてしまえば、脚をひきずりながらもテキパキ動けるようになるものだ。

赤銅色と象牙色《ぞうげいろ》を基本色としたアールデコ調の会長室を見渡す。最高級の革張りソファも黒光りする一枚板のテーブルも、きれいに整えられている。ステンドグラスをはめ込んだ光取り窓から柔らかい日が差し込んでいた。もう昼前だ。

虎ノ門駅から歩いて七分、五階建てのビジネスビルの五階にこんな一室があるとは誰も想像しないだろう。

もっといい場所はいくらでも借りられるのだが、自宅から私の脚でぴったり一時間のところにしたかった。毎日の適度な運動は何物にも代えがたい。

ここは私が所有するビルである。入れるテナントは厳選に厳選を重ねた。

ビルの一階には本屋が入っている。

ビジネス書を中心に並べている小さな本屋だ。ビジネス書というのはつまり、奴隷根性を養うための教科書である。世の中のサラリーマンにはどんどん読んでいただきたいものだ。

何よりも素晴らしいのは、この本屋の店長には金融詐欺の前科が三件あることだ。三回も捕まってさすがにこりたようだ。最近はもっぱら適法なマルチ商法しか行っていない。

ビジネス書を買いにきたサラリーマンたちを品定めする店長の視線はたまらない。売り場は狩り場、というわけだ。

二階と三階にはコールセンターがある。四階は、コールセンターで働く派遣労働者たちの休憩室とコールセンター運営会社の事務所だ。このような働きアリたちのおかげで、経済は回っている。素晴らしいことだ。

コールセンターでは毎日、どこからともなく手に入れた顧客名簿に電話をかける。がんを予防する効果があるような気がするサプリメントや、塗るだけで胸が大きくなるような気になるクリームを売っている。

いずれの商売もぎりぎり適法なのが素晴らしい。

何も悪いことはしていないのだ。

違法なことはしない。これは私のこだわりである。

だが人によってこだわりは異なるものだ。違法なことをしてでも金を手に入れたいという者もいる。そういう人には、違法なことをする自由があるはずだ。

「おい、塩谷、刑法第百九十九条を言ってみろ」

塩谷は表情ひとつ変えなかった。

きかれ慣れているから、答え慣れているのだ。

「刑法第百九十九条。人を殺した者は、死刑又は無期若しくは五年以上の懲役に処する」

「そうそう。いいか塩谷。日本の刑法にはな、どこにも、『人を殺してはならない』なんて書いていないんだ。この意味が分かるか?」

塩谷はうなずいた。

「死刑又は無期若しくは五年以上の懲役を引き受けるなら、人を殺す自由がある、ということです」

「そうだ」腕を組んで背もたれに身を預ける。

私はもう人を殺さない。違法なことはしない。胸くそ悪いと分かっているからだ。

けれどもそれは私の選択だ。

他の選択をする人もいるだろう。どうして他人の選択を止められるだろうか。自分は自分、人は人。うちはうち、よそはよそ。

悪いことをする奴がいるからこそ、悪いことをしない私が儲かる。素晴らしい仕組みである。

「会長、黒丑が面会を申し込んでいます。お会いになりますか？」

「うん会う。けど五分以内だ」

どうせ悪い報告だと分かっている。いい弁護士が見つからないだとか、口説き落とせないだとか、そういうものだ。

恐縮しきった顔で黒丑は入ってきた。一応ジャケットを着てきたらしい。量販店で売っているような安いウールのジャケットだ。張りもなければ艶《つや》もない。

それでも背が高いから様になっている。昔よりは腹が出てきたようだ。

それもそうだ。黒丑ももう、五十歳近いはずだ。黒丑は私と同じ山梨県の出身だ。同郷のよしみで面倒を見るようになってから、三十年近くになる。

「弁護士の件ですが――」

「どうせ見つからないって言うんだろ」

割り込んで先を言った。

黒丑は大きい肩をすぼめて一礼した。

「すみません。アテはあったのですが。転職を繰り返している峯口という弁護士がいました。腕はいいのですが、パワハラや不倫など様々な問題を起こして、業界から干されかけていた者です。先日、息子に接触を試みさせたのですが、直後に事故死してしまいました」

「それって本当に事故死なのか?」

「ええ。話をきくかぎり、確かに事故死です」

私は貧乏ゆすりをはじめた。こうしていると私の心は徐々に落ち着いてくる。貧乏ではないのに貧乏ゆすりをするのは愉快だ。

数カ月前に、新しい弁護士を仲間に引き入れろと命じていた。

弁護士からの助言は生命線だからだ。全ての活動を完璧に適法に行いたい。そのためには優秀な弁護士が必要だ。

素人でも分かる善行だけ積んでいれば楽だが、私はもっとぎりぎりを攻める。そうでなきゃ儲からない。

頭を使って、人を使うのだ。

私は他の人にヒントを与えたり、動きやすい環境を作ってやるだけだ。最終的に決断するのは本人である。本人が犯罪をしたくなったのなら、仕方ない。本人の自由と責任において、実行すればいいだけだ。私は何も悪いことをしていない。

私自身がうっかり違法な線まで手を出さないよう、弁護士は絶対必要になる。すでに何人か仲間にいるが、そのうち一人はそろそろポカをして飛びそうなのだ。替えの弁護士を用意しておきたい。

「他に候補はいないのか？」

いらいらしながらきいた。弁護士は沢山いる。訳アリの者も多い。

例えば数年前まで仲間だった者は、法律事務所勤務中にインサイダー取引に手を出した。未公開の企業情報を第三者に流し、リベートを得ていたのだ。逮捕されて懲役刑に処せられ、当然ながら弁護士資格を失った。

私と出会ったころは、カンボジアで怪しげなコンサルタント業を行っていたはずだ。弁護士なんて司法試験というテストに受かっただけの者たちだ。全員が品行方正なわけがない。金のために知恵を絞れる奴はいるはずだ。

「実はもう一人、候補がいるんです。女ですが、息子に接触させています」

「女？　大丈夫なのか？」

女性弁護士というと、離婚や相続のような案件にばかり顔を出すイメージだ。子どもの権利だ、外国人の権利だと人権を声高に叫ぶ者も女性に多い。正義面しているばかりで、金を追いかけないのだ。

「数カ月前に、森川《もりかわ》製薬の御曹司が奇妙な遺言状を残して死亡した事件があったでしょう。あのときに裏で動いていた弁護士です。表沙汰にはなっていませんが、裏で情報は回っています。その弁護士なら金のために動くはずです。名前は――」

「名前はいい。それ以上言うな」

余計な情報は耳に入れない。適法に生きるための一番のコツだ。知らぬ存ぜぬ、部下が勝手にやりました。これが最強である。

「とにかく、何でもいいから、優秀な弁護士をリクルートしてこい」

片手を動かして黒丑に退出を命じた。

身体ばかりが大きいウスノロだ。

けれども、金に忠実なところは認めていた。金に忠実な者は信用できる。あいつが息子を使っているのも、何か問題があったら全て息子の責任にして自分は逃げるためだろう。そういう狡猾《こうかつ》さが信用に値するのだ。

「おい、牛乳！」

塩谷がうやうやしく牛乳を注いだ。私はそれを一気に飲み干した。

幼いころは牛乳というものを飲んでみたかったものだ。隣の村にいたヤギの乳しか飲んだことがなかった。おっかあも牛乳を飲んだことがないと言っていた。本当は、おっかあに飲ませてやりたかった。幼いころに戻って、いくらでも飲ませてやりたい。

記憶の底から、ぷんと匂う香水と赤子の声、ヤマガラの鳴き声が蘇《よみがえ》ってきた。心に蓋をするように牛乳をもう一杯あおった。

「会長、例の大久保の件なんですけど」

塩谷がきり出した。

「例の件とは何のことだ？」

「このあいだ相談があったじゃないですか。商売仇をどうしても始末したいという土建屋ですよ。会長、親切に色々と案を出されていましたよ。直接の窓口は私でしたが」

「ああ、あれか」あごをかきながら言った。

物忘れが激しいのは昔からだ。年を取ったからではない。

「うまくいったようです。相談者が本当に警察から逃げ切れるかは分かりませんが」

「相談者がどうなろうと、相談者の責任だ。私は関係ない」

「そうですね。いい大人が自分で決めたことです」

塩谷は薄く笑って、ミルクジャーを持ちあげた。

2

大久保にある一軒家のリビングルームで、私はため息をついた。

生活感のある小さい家だ。八畳ほどのリビングルームには、やっと二人座れるソファにコーヒーテーブル、ベビーベッドがぎゅぎゅっと置かれている。床には赤ん坊をあやすためのおもちゃが散乱していた。

他に座るところがないから、依頼人の浦山《うらやま》と私は尻をくっつけるようにして隣り合ってソファに座っていた。

時刻は午後九時を回っている。十月十七日、日曜日だ。

今週は仕事のトラブルが続いてぐったりしていた。どうしても相談したいというのをきいてやってきたら、この有り様である。

「三隣亡《さんりんぼう》の呪いというわけですか」

浦山は大真面目な顔でうなずいた。

三十になったばかりの女性だ。黒いフレアスカートにベージュのアンサンブルニット、鎖骨で切りそろえられた黒髪。ごく大人しい雰囲気である。

「間違いありません。先月の二十七日は三隣亡の日だったんです。それなのに隣の家が建築工事なんてするから……」

三隣亡というのは、暦の上での忌み日の一つだ。地域によっては、三隣亡の日に建築工事をすると火災が起こり、近隣三軒をも亡ぼすと信じられている。

「位置関係を確認させてください。細長くて大きい家が二軒、東西で向かい合うように立っている。大きい家の二軒の間に、小さい家が北側、南側に一軒ずつ挟まるよう

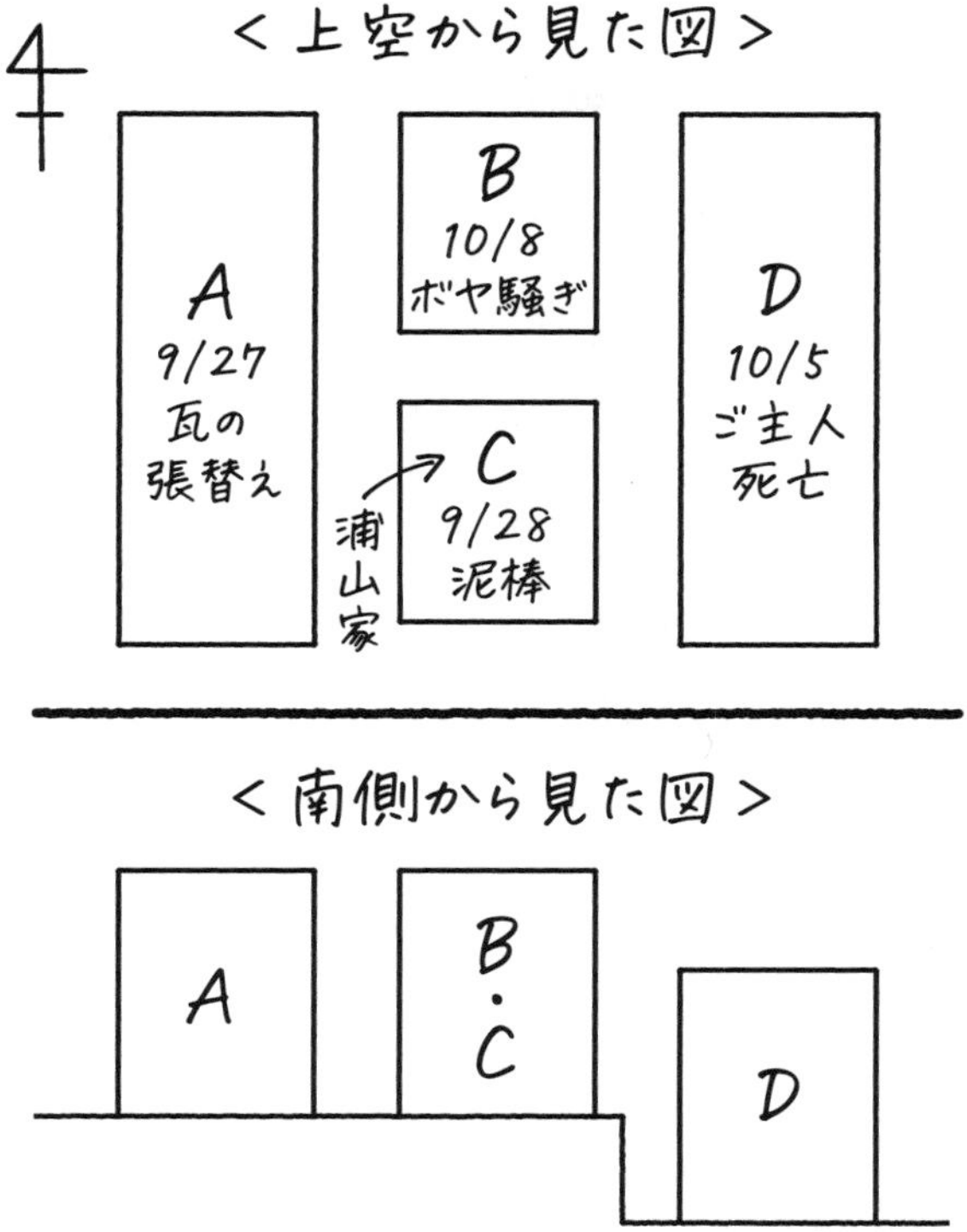
＜上空から見た図＞
A
9/27
瓦の
張替え
B
10/8
ボヤ騒ぎ
C
9/28
泥棒
浦山家
D
10/5
ご主人
死亡
＜南側から見た図＞
A
B・C
D

に立っている、というわけですね」

私はメモ帳を一枚破って、図を描いて見せた。

ＡＢＣＤと記号を書き込む。

「そうです。ＢＣとＤのあいだには高低差があります。というか、ここは一メートルほど違いますから崖を挟んで隣と言ってもいいのですが」

浦山はメモ紙に記号を書き込んだ。

「間に挟まっている小さい家のうち、南側、Ｃの家がうちです」

Ｃの家の横に「浦山家」と書き込んだ。

「先月の二十七日、西の大きな家、Ａで瓦の張替えを行ったんです。翌日、Ｃ、つまりうちに泥棒が入りました。うちは小さい子どもを育ててるのに精いっぱいで金目のものなんて家に置いちゃいません。荒らされたけど二千円くらいしか盗られていませんでした。すると、その一週間後に、今度はＤの家のご主人が急死したんです。建設会社の社長をされていてね、なかなか羽振りの良い人だったんですけどね……。で、その三日後に今度はＢさんの家でボヤ騒ぎが起きました。そんなことが立て続けに起こるなんて、おかしいでしょう？　何か変だと思ってみたら、Ａさんの家が瓦の張替えを行った九月二十七日は三隣亡の日だったんですよ！」

とんでもないと言いたげに浦山は目を見開いた。

「Aさんのせいで、うちは泥棒にあい、Dさんの家はご主人が亡くなった。Bさんの家ではボヤ騒ぎが起きています。これって、Aさんを訴えられませんか？」

　頭を抱えたくなった。

　素人はすぐに法律で解決しようとする。

　法律にできることは限られているというのに。

　こんな内容で人を訴えられるわけがない。主張がオカルトすぎて勝ち目がないし、何かしらの言い分があるにしても裁判では時間と費用がかさむだけだ。

「浦山さん、落ち着いてください。三隣亡の日に建築工事をすると火事になる、というのが言い伝えでしょう？　今回は確かに不幸が続いていますけど、Bさんの家のボヤ騒ぎ以外、火事とは関係がないですよね。しかも浦山さんご自身の被害額は二千円なのですし、法的にどうこうするのは難しいかと」

　浦山は不満そうに首をかしげた。

「これから火事になるかもしれません。最近、うちのまわりで不審者が出没しているみたいなんです。私は遭遇していませんが、Bの家の奥さんは黒ずくめの男を見かけたんですって。あとね、うちの床下から、何か音がするんです。ごそごそ、ごそごそって。不気味でたまらなくって。夜も眠れなくて、ノイローゼになりそうなんですよ」

「それで私をお呼びいただいたと」

「前に、真美ちゃんって女の子を弁護したことあるでしょ？　奈良漬けを大量に食べて高速道路を爆走した子」

思い出して苦々しい気持ちになった。

四カ月ほど前に弁護した女だ。

彼氏と喧嘩したことをきっかけに奈良漬けを六十切れ以上食べ、高速道路を爆走したすえ、スピード違反と飲酒運転の疑いで逮捕された。

スピード違反のほうは如何《いかん》ともしがたかったが、飲酒運転は奈良漬けによるものだと立証して、かなりの減刑に成功したのだった。

真美は人使いが荒かった。ジュエルという飼い犬の世話まで押し付けられて散々な目にあったものだ。

「真美ちゃんって私の妹の親友なんですよ。いい弁護士の先生がいるよって紹介してもらって、こうしてお願いしているわけです」

人使いの荒い依頼者からの紹介だと、また人使いの荒い依頼者へ行きつく。負の連鎖である。

浦山は見た目こそ大人しそうだが、日曜の遅い時間にどうしても家まで来てほしいと言い張る時点で、相当に人使いが荒い。

「先生、お願いです。ちょっと床下、見てくれませんか？」

すぐ横で浦山が両手を合わせた。

私は思わず、身体を浦山から離した。

なんてことを言い出すんだ。

呆れてしまって、怒る気すらおきない。逆にていねいな物言いで返してしまった。

「あのう、修理点検のプロに頼んではいかがですか？」

「実はね、以前この家を建てたばかりのころね、建築訴訟をしたことがあるんです。どうも床下の断熱材が手抜き工事だったようで、入るべきところに断熱材が入ってなくてスカスカなんですって。建築会社を相手取って訴えようということになって、弁護士の先生に床下に潜ってもらったんです。訴訟に必要なところをパパパッと写真にとってくれてね、下手に修理の人に頼むより良かったですよ」

「それでしたら、またその弁護士に頼んではいかがですか？」

真美のときと同じように返す。

浦山の答えはなんとなく予想がついていた。

「それがねえ。建築訴訟、負けちゃったんですよ。色々やってくれたけど今一つ頼りない先生でねえ。また頼みたいって感じじゃないのよね」

真美も同じようなことを言っていた。勝手なものである。

事務所には仕事が山積みになっている。いち早く帰ってしまいたい。

こういうとき黒丑がいれば、あとは黒丑に任せてしまえるのだが。この日は黒丑を連れてきていなかった。

胸のうちに湧いた疑念がどうしても消せなかったからだ。

信用できない部下をもったとき、どうすればいいかと津々井に相談したことがある。

津々井の答えは「部下を信用するのは上司の仕事だが、上司を信用させるのは部下の仕事だ。自分の仕事をしなさい。そして、部下が仕事をしていないなら、仕事をさせなさい」という禅問答のようなものだった。

どうすればいいのか分からなかったが、疑問は黒丑にぶつけてみた。

先月、月島のアパートで牧田原という男が自殺した。自殺の前に連絡をとっていたのが黒丑だった。どういう関係なのかときくも、黒丑は「言いたくない」と返すだけだ。

先々月、事務所の運動会で峯口という弁護士が死亡した。峯口の死の直前にも黒丑は居合わせている。どうしてなのかときいても、「以前答えたとおりだ」と言う。

これでは信用したくても信用できない。

結局、納得できるよう説明してくれるまで業務を手伝わせないと言い渡した。

クライアントの個人情報に触れるのだから当然である。信用できない人間を関わらせるわけにはいかない。

いざ黒丑の助けを手放すと、雑務が一気に降りかかってきた。時間的にも体力的にも厳しい。もちろん精神的にも疲れてしまう。

浦山はいつのまにか、作業用のジャージとマスクを用意して差し出してきた。

ため息をもう一つついて、私はそれらを受け取った。


床下点検口は、キッチンの一角にあった。

外からの見た目は床下収納と何も変わらない。ステンレス製の回転取手をあげると、深さ五十センチほどの空間が現れた。

懐中電灯とデジタルカメラを持って、床下に滑り込む。女性の身体なら難なく入り込めた。

室内よりぐっと冷たい空気が張りつめている空間だ。念のためマスクもしているが、特にほこりっぽくはない。建築訴訟を取り扱っている弁護士からきいた話だと、外部から遮断されているから虫などが入り込むこともないそうだ。

ただ、床下は真っ暗だ。外から完全に遮断された空間を設けることで、家の断熱性を高めているのだから当然である。

事前に家の見取り図は見せてもらっていた。位置関係はだいたい分かる。

懐中電灯で周囲を照らし、一呼吸ついた。想定順路に沿って、床下を一周してみるしかない。

右手に懐中電灯、左手にデジタルカメラ。それぞれ紐で腕にくくったうえで、手のひらで握りしめる。手の甲を床につけてほふく前進で進んだ。

床下はひんやりしている。むしろ寒いくらいだ。十月半ばである。薄手のコートで充分な時期のはずだが、床下はかじかむ冬のような体感気温だ。軍手を借りてはめていたが、それでも指先は冷えた。

床の四辺のうち一辺を進み曲がった。

周囲を懐中電灯で照らす。浦山が言っていたとおり、壁の一部に断熱材が張られていない。この状態で訴訟に負けたのだとしたら、担当した弁護士は相当にヘッポコだったのだろう。

進もうとしたとき、ササササッササササッと音がした。

どこからともなく床をこするような音がきこえる。

心臓が止まるかと思った。

床下に動くものはないはずだ。

懐中電灯を素早く動かし、周囲をうかがう。

五センチくらいの丸い物体がすぐ横を走り抜けていった。

後ろ姿に懐中電灯をあてる。

ネズミだった。

急いで引き返した。ネズミは苦手というほどでもない。けれども、いるはずのないところにいるのは気持ちが悪い。ほとんど息を止めていたように思う。

床下点検口から這い上がって、やっと深呼吸をした。

「ネズミが……ネズミがいました」

かすれた声で浦山に伝える。

浦山はネズミがいたというのが、何を意味するのか分かっていないらしい。

「通常、床下にネズミは侵入しません。外壁によって囲まれているからです。ネズミが入ってきているということは、外壁の一部に穴が開いているということですよ。非常に不用心です」

説明すると、浦山はさっと青くなった。

「今、夫は単身赴任中なんです。赤ちゃんと私、二人だけで住んでいて。家に穴が開いているなんて、恐ろしくて眠れません」

浦山本人はそう言うが、赤ん坊のほうはベビーベッドですやすやと寝ていた。

二人で連れ立って外へ出た。

懐中電灯で外壁を照らしながら家の周りを一周する。穴があったのは、Dの家を向いている崖側の壁だった。直径十センチくらいの穴だ。小型のドリルがあれば数分で開けられそうだ。といっても、ドリルを使う際の騒音は出る。

崖の下のD家をみると、こちらの床下部分がちょうどD家のリビングの窓の高さに位置している。過ごしやすいこの時期は窓を開け放っているようだ。リビングの明かりが漏れ、テレビの音がきこえてきた。

「明日の朝、警察に行きましょう」

なだめるように言うと、浦山は首を横に振った。

「いえ。今日行きます」

「今日はさすがにもう遅いから、明日でいいと思いますよ」

床下から出てきた時点で夜の十時を過ぎていた。

これから交番に行くのもおっくうだろう。

「今夜何かあったらどうするんですか。とにかく警察に電話します」

電話ならまだいいだろうと思えた。警察は一旦話をきいて、後日現場を見に行く流れになるはずだ。

私は床下にもぐったままの格好をしていた。何となく自分が臭いような気がしてならない。

浦山が気を遣って「先生、シャワー浴びていきます?」と申し出てくれた。浦山の心配事に散々付き合わされているのだ。シャワーの一つくらい借りてもいいだろう。

内心そう思っていたが、一応丁重にお礼を言ってシャワーを浴びた。

すっきりした気分でリビングルームに戻ってきたところ、予想もしない男がソファに座っていた。

橘五郎である。

今日もぶかぶかのスーツ姿だ。天然パーマ気味の頭を揺らしながら、にやりと笑った。

「あれっ、あれれっ、どうして剣持先生がいるんですか」

「そっくりそのまま同じ質問を返すわよ」

家に穴が開けられていたという事件では、近くの交番の警察官が来てくれるのがせいぜいだろう。強行犯捜査係の橘がやってくるはずがない。

「お隣のご主人が亡くなったってご存知ですか。事故死のセンもありますが、もしかしたら他殺じゃないかな、なんてね。怪しいなあと思っていてねえ。僕、そういう鼻はきくほうなんですよ。だから近所で何か事件があったら僕に連絡をくれるように交番にも頼んであったんですよ。偉いでしょ、ねっ、ねっ。仕事熱心でしょ」

馴れ馴れしい口調で話し続ける。

確かに橘が行くとなれば、交番の警察官は動かなくていいから警察官としても楽だろう。仕事熱心なのはいいことだが、毎回鉢合わせると嫌気がさしてくる。

「しかし、あの穴は大発見ですよ。僕ね、いくつかの可能性を思いつきました。あっ、浦山さん、どーもどーも。あれっ、コーヒー頂いていいんですか。いいのに、いいのに。まあ、ありがとうございます」

近所の主婦同士のような会話を繰り広げながら、橘はホットコーヒーのカップを受け取った。

私ももらって一口飲む。酸味の強い香りで頭がすっきりした。

浦山は小さなスツールを持ってきて腰かけた。「先生はソファにどうぞ」と言うから、私は仕方なく橘の隣に腰かけた。

「さて浦山さん、いくつかお伺いしたいんですが。あっ、ちょうどいい感じの図がありますね」

先ほど私が描いた図を橘は引き寄せた。

「まずAさんの家で屋根の張替えを行った。その翌日にCさん、つまりこの家に泥棒が入った。泥棒が入った状況ですが、浦山さんは家にいたんですか?」

「私は赤ちゃんを連れて外出していました」

「空き巣ということですね。うんうん、分かります。で、一週間後にD家のご主人が亡くなった。これは僕も現場を見に行ったので知っていますが、妙な死に方でした。胸の正面から一突き、心臓に向かって針が刺さっていました。うっかり刺さってしまったのか、衣服に混入していたのか、はたまた誰かが刺したのか、謎ですねえ」

橘は嬉しそうににやけている。

針が刺さって死ぬことがあるなんて、きいたことがなかった。だが心臓に刺されば確かに人命は危ない。ご主人というくらいだから被害者は男なのだろう。乳房があるわけでもない。正面から長い針が刺されば、心臓に到達するはずだ。

「その三日後にB家でボヤ騒ぎ。ボヤ騒ぎについて、もう少し詳しく教えてください」

浦山は目を泳がせた。

当時のことを思い返しているのだろう。

「ええっと……私は赤ちゃんを連れて、Bさんの家でお茶していたんです。月齢の近い赤ん坊がいるから、二人でよく集まるんですよ。おしゃべりしていたら、玄関ちかくの小窓からモクモクと煙が上がっているのが見えて。火事かと思って慌てて消しに走りました。二人とも片腕に赤ん坊を抱えて、もう片腕にブランケットを持ってね。ブランケットで火を覆えば燃えるための空気がなくなって火が消えるときいたことがあったからです。でも、いざ行ってみると、ホームセンターで売っているような発煙筒が置いてあるだけでした」

拍子抜けすると同時に気味が悪くなったという。

三隣亡の話が出たのもそのときだった。

Ｂ家の奥さんは山梨県出身だという。地元の農村では「三隣亡の日に屋根を葺《ふ》くな」と言い伝えられていた。三隣亡の日に建築工事をすると、三軒先まで滅ぶという言説が強く信じられている地域だった。

考えて見ると、Ａ家が瓦の交換をしたのは三隣亡の日である。縁起の悪いことをするから、三軒隣まで災いが来たのだ――と、二人で盛り上がったという。

「ちなみに、ボヤ騒ぎがあった日、近隣で道路工事をしていませんでしたか？」

「なんで知ってるんですか」浦山が目を丸めた。「ここ数週間、朝から工事がうるさかったんです。あの日もＢ家の奥さんとも、そのことで愚痴を言い合っていたくらいで」

「なるほど、なるほど、なるほど……」

橘はしきりにうなずいた。

「そういうわけですか。うーむ、全て分かりました。では、ありがとうございました」

さっと立ち上がり、リビングルームの入り口へ向かおうとする。

「えっ、すみません」浦山が言った。「ちょっと、このまま帰られてもすっきりしないんですが」

「一旦は捜査を進めさせてください。犯人を捕まえたら、ご報告しますから。ねっ」

柔らかいがきっぱりした口調で言うと、橘はさっさと玄関に向かった。

「あれっ、剣持先生は帰らないんですか？」

時計を見ると、もう十一時半だ。

「帰りますよ」橘と浦山の両方に対して言った。

浦山に一礼して橘に続く。こう言っては何だが、橘が帰るおかげで私も帰るタイミングをつかめたのは有難かった。

3

「先生も熱心ですねえ」

新宿方面に歩きながら橘が言った。

「橘さんほどじゃないですよ」

「あっ、あっ、剣持先生、今、初めて僕の名前呼んだ！　僕の名前、覚えてくれたんですねえ」

人を馬鹿にしているのかというくらい橘は喜んでいる。

「覚えてますよ。五人兄弟の五番目だから五郎なんでしょ」

「うわあ、よく覚えていますね。意外と人の話をきいているんですね」

褒めたような、けなしたようなコメントである。

「今回の件も、このあいだ丸の内にいらっしゃった件も、殺人事件になるかどうか分からない段階の話ですよね。それを補佐の人間もつけずに一人で調べて回るって、嫌に熱心というか……ちょっと越権行為のような気もしますが」

橘は何も答えなかった。

両手をスラックスのポケットに入れて、ずんずんと進んでいく。私は相当早足なほうだが、橘もかなりのものだ。

このあたりは人を乗せたタクシーしか通らない。歌舞伎町のほうへ抜けてからタクシーを拾おうと思っていた。

「さっきの事件は簡単ですよ。浦山さんは口が軽くてすぐ隣の奥さんに話してしまいそうだから、言わないでおきましたが。犯人はA家の瓦の張替えを行った業者か、その関係者でしょう。いずれにしても業者を調べていけばたどり着けるはずです」

「犯人って、どの事件の犯人ですか？」

「全部ですよ」

当たり前だと言わんばかりに橘は眉尻をあげた。

「A家の瓦の張替えをした際に、隣の浦山家の屋根に移動する手段を確保していたんでしょう。紐を通すフックを取り付けるとか、作業としては簡単です。翌日、A家の屋根からC家の屋根に飛び移り、瓦を外して屋根裏に侵入。天井板を一枚外してキッチンに降り立つ。床下点検口から床下に入ったのです」

「そんな大がかりな侵入方法がありえるんですか？」

口を挟むと、橘はきょとんとした顔をした。

「いずれも、実際にあった手口ですよ。プロの泥棒がよく使う方法です。まあ、一般の方はあまり知らないのかな」

刑事弁護に詳しいわけでもない。大がかりな窃盗の手口を知らなかったから、忍者のようなことが現実に行われているとは驚いた。

犯罪者たちを相手どるのが橘の日常なのだろう。驚いている私に構うこともなく、説明を続けた。

「床下に入り込んだ犯人は、崖側の壁に小さな穴を開けました。必要な機材は床下に隠して、カメラのレンズと針の発射口だけを外に出した。これは目立たないようにするためですね。バッテリーとか、エンジンとかを壁の外につけたら、さすがに目立ちますからね」

「機材って何のことですか？」

「どういう仕組みなのかは、色々考え方があるでしょうけど。まっ、機能としてはカメラで監視できて、遠隔操作で針を強力に発射できれば何でもいいんです。床下にはたっぷりスペースがありますから、どんな機材だろうと設置できたはずです。おそらく大きめのリュックを背負って侵入して、リュックの中の機材を設置したんじゃないかな。浦山さんの家の床下は、D家のリビングルームの窓の高さと同じです。僕はD家にも行ったから分かりますが、壁の穴はD家に立った成人男性のちょうど胸元くらいの高さに位置します。そしてD家は窓を開けっぱなしにする習慣がある」

何が言いたいのか、私にも流石《さすが》に分かった。

「カメラで監視して、D家の主人が窓の前に立ったときに、遠隔操作で針をとばしたということ?」

「うんうんうん、そうそう。そうじゃないかと踏んでいます。本件の場合、他に針が刺さる理由がないんですもの」

満足気に橘はうなずいた。

「さて、犯行後、設置した機材を回収する必要がある。浦山さんが長く外出するタイミングがあればいいのですが、なかなか家を出ない。行くのはせいぜいお隣のB家くらい。すぐ隣にいる間に家に忍び込むには勇気がいります。だから発煙筒をB家に投げ込んで、そちらに気を取られているすきに侵入し、機材を回収したわけです」

「A家からD家までの一連の事件は全てつながっていたということですか?」

全ての起点となるのはA家の瓦の張替えを行った業者だ。一連の事件にその業者が関係していると考えたわけだ。

「そうです」

橋は涼しい顔で言った。

だが私はいまいち腑に落ちなかった。

「D家の主人を殺害するために、ここまで大がかりな計画を実行する必要がありますか？　せっかくD家近くには崖があるんです。崖上に呼び出して、背中を押すほうが楽ですよ。転落死を偽装できます」

「ふっふっふっ、ふふふふ」

橋は愉快そうに笑った。

「そう思いますか？　ふふふふ、確かにねえ、転落死のほうが実行は楽ですよ。でもね、転落死に見せかけた他殺はまあ、よくあるんですよ。警察のほうでも対応に慣れている。被害者の直前の言動とか、現場の足跡とかで、案外他殺を見抜けるものです。なんといったって過去例の蓄積がありますから。そのあたりは真面目な公務員は強いですよ」

「針を使った殺人はそうないと？」

「僕はきいたことがありませんね。針が脇から刺さって事故死した例はあります。公務員は先例主義ですからね、訳の分からない事件が起きると先例に頼ってしまうんですね。まっ、僕のように疑い深く優秀な人間は、こんな手に引っかかりませんがね。

ふっ、ふふふ」

　橘の機嫌がいいことは伝わってきた。

　事情は分からないが、彼なりに自信のある推理なのだろう。

「あっ、そうだ。ここ、覚えていますか?」

　橘は雑居ビルの前で立ち止まった。

　見覚えのある雑居ビルだった。

　三カ月前、信長という源氏名のホストが殺された。殺害現場である「バー翼」はこの雑居ビルの地下一階に入っていたはずだ。

　光秀という源氏名の後輩ホストが逮捕され、今は自供しているときく。

「僕ね、『バー翼』の店長、木下って男ですが。木下が黒幕だと思ってたんですよ。『バー翼』は家賃未払いで追い出されそうになっていた。ここで殺人が起きて事故物件になってしまえば、新規入居者はすぐには見つからない。しばらく追い出されなくなるからね。だから、木下が光秀をそそのかして、信長を殺させたんだろうなって思ってたの」

　三カ月前、私も同じ結論に至っていた。だが同調するのも変である。黙ったまま話の続きを待った。

「でもね、僕、読みが浅かったみたい」

橘が雑居ビルの前に立つ看板を指さした。

看板には「みさき」と書かれている。「バー翼」の看板はどこにもない。

「結局、『バー翼』は立ち退いたんですか？」

驚いてきくと、橘は嬉しそうにうなずいた。

「そうなの、そうなの。結局、追い出されちゃった。もう新しい店が入っていますよ。それも前よりも何割も安い家賃でね。雑居ビルのオーナーのおっさん、知り合いだからきいたんだけどね。事故物件になって家賃が下がっちゃって、嘆いていたよ。それでもタダで居座られるよりいいからね」

鼓動が速まるのを感じた。

疑惑が少しずつ確信に変わっていく。

橘はそんな私の心境を知ってか知らないでか、口調を変えずに続けた。

「そうすると僕、別の可能性が見えてきた。光秀をそそのかしたのは『バー翼』の店長、木下だったかもしれない。でも、木下をそそのかした人物が別にいるんじゃないかってね。目的？　事故物件にして、安く入居するためですよ。別にこの『みさき』のママが実行犯ってわけじゃないだろうけど。そそのかした実行犯は、家賃の差額の一部を『みさき』のママから受け取っているんじゃないかなあ……」

背筋に寒いものが走った。

黒丑である。

木下に私という弁護士の存在を教えたのは黒丑だった。店長はその情報を光秀に流した。光秀は優秀な弁護士がいるなら無罪になれると思って事件を起こした。

起点は、黒丑なのだ。

この数カ月、黒丑と時間をともにしてきた。

出会ったのは四カ月前のことだ。

黒丑は、「暮らしの法律事務所」の村山弁護士を頼ろうとした。社員旅行で軽井沢に行ったときにトラブルを起こし、村山に助けられたことがあった。村山は死亡していたので、出てきたのは私だったが。

三カ月前、二カ月前、一カ月前、どの事件でも黒丑の行動に疑問が残る。そうすると、四カ月前の出会いのタイミングから、何かがおかしかったのではないだろうか。

浦山が持ち込んだ相談では、四軒の家のトラブルは全てつながっていた。そしてその元凶はおそらく、一番初めのA家にあった。

同じように、謎を解く鍵は、黒丑と出会ったあの日にあるのかもしれない。

「剣持先生、どうしました？　顔が真っ青ですよ。貧血ですか？　鉄分足りてます？」

「事務所に帰って、調べものをしなくちゃ」

「働きすぎじゃないですか？」

「橘さんもでしょ」

「僕はいいんです。僕ね、年の離れた末っ子だから、小さいころ兄貴たちに構ってもらえなくて。ずっと一人でジグソーパズルをして遊んでいた。あれってねえ、一見関係なさそうなピースがつながっていくから面白いんですよ。だからね、大人になってもジグソーパズルを解き続けることにしたわけです。だから徹夜も平気」

橘は路上で手をあげ、タクシーをとめた。

「どうぞ」開いたドアをきざな動きで押さえた。

「僕たちみたいな人間は、昼も夜も働き続けるんだ。回るのを止めたら倒れる独楽《こま》みたいなもんだからね」


事務所についたときには午前零時を回っていた。

村山が残した記録は、事務所の執務室の隅に置きっぱなしになっている。ダンボールに入れたまま、開けることもなかった。

黒丑はトラブルを起こして村山の世話になったと言った。どうしてそのトラブルの正体を確かめなかったのだろう。

ダンボールは全部で五箱あった。

直近三年、村山が相談を受けた際のメモが入っている。継続依頼人から、「前頼んだあの件で」と言われたときに参照するためである。

黒丑は現在二十一歳だ。十八歳にならないとホストクラブで働けないから、勤続期間は最大で三年だ。ホストクラブの社員旅行でトラブルを起こしたというのだから、トラブルを起こしたのは三年以内のはずである。

ダンボールの中に、黒丑の情報があるはずだ。

目を皿にして、村山のメモを一つずつ確認した。

メモといってもパソコンでとられたものなので助かった。テキストファイルが印刷されて綴《と》じてある。おかげで字が汚くて読めないということがない。

どのくらい経ったのかも分からない。ずっと紙を触っていたせいで、手のひらから脂分がすっかり失われている。

「痛ッ……！」

紙の端で指を切って我に返った。

時刻は午前二時、残りのダンボールは一個だ。

これまでのところ、黒丑に関連しうる情報は何もない。残りの一箱の中にあるのだろうか。

期待を胸に頁をめくりつづけた。最後の頁に目を通して、茫然と天をあおいだ。

黒丑に関連する情報は何もなかった。

村山が書き落としただけとも考えられる。だが村山は、散歩の途中で近所の人からきかれたこと、以前の依頼人から電話できかれたことなど、お金を取るまでもない簡単な受け答えについてすら記録した。

そんなに律儀に記録に残す人が、黒丑のような目立つ風貌のホストと会って記録に残さないわけがない。

そうすると、導かれる答えは一つだ。

黒丑は、村山に会っていない。

村山に助けられて電話をしてきたというのは、嘘だ。

もっと別の目的があって私に接近してきた。

確かめなくてはならない。

黒丑に電話をすると、意外にもツーコールで出た。

午前三時前だ。ホストの仕事が終わり、先輩に付き合って飲み、解散したくらいの頃だろう。

「ちょっと今から会えない？」

「奇遇ですね。僕も今、剣持先生に電話しようと思っていました」

爪の先でつつくとコツンと音がしそうな、硬くて冷たい言い方だった。

俺は腹を抱えながら歩いていた。

別に笑っているわけじゃない。腹が痛むのだ。親父にしこたま殴られたからだ。

仕事中は気が紛れていたが、こうして一人になるとまた急に痛み出した。

子どもの頃から痛みには慣れている。痛いときは何も考えない。そこらへんに転がっている石にでもなったつもりで時間をやり過ごすのだ。

母が死んでからは、身体の痛みに耐えながら母のことを考えるようになった。

死んだ母はもう痛みすら感じない。この痛みは自分が生きている証拠のように思えた。生きている勲章。そう考えると、自分が急に立派な人間になったような感じがして、気が楽になった。

4

剣持先生はいつもの喫茶店を指定してきた。

妥当な判断だ。二十四時間営業のあの喫茶店なら、この時間でも客はいる。始発電車を待つために時間を潰すような客たちだ。他の客の会話に興味を持つことはない。というかほとんどの客が突っ伏して寝ている。

とはいえ、衆目があるのは間違いない。互いに下手なことはできない。

いつでもちゃきちゃき動く人だ。

こちらの気持ちや都合は一切考えない。

だが言葉にして伝えておくと、意外と人の話はきいているから、意見を容れてくれることもある。察してくれないだけで、言えば伝わる。

喫茶店に入り、いつもの席に腰かける。ホットコーヒーを二つ頼んだ。

どうせ「カフェインは効かない身体なのよ」とボヤキながら、なんだかんだでコーヒーを飲むのだ。

ホットコーヒーが出てくるよりも先に、剣持先生が店に着いた。

電話をもらってからまだ二十分である。いくらタクシーを飛ばしてきたといっても素早い動きだ。

俺を絶対取り逃がさず、追及してやろうという執念を感じた。

だが残念ながら、俺に話せることは何もない。

俺が決めるんじゃない。剣持先生が決めるんだ。俺がどう出るかは剣持先生次第だ。

俺に決定権は何一つない。

これまでの人生もそうだったし、きっとこれからもそうだろう。

「説明してちょうだい」

椅子に腰かけるなり剣持先生は言った。

「あなた、村山弁護士と会ったことないでしょう。四カ月前、どうして私に連絡してきたの？」

単刀直入な物言いだ。

女のほうが単刀直入な奴が多い気がする。これが男だったら、ごにょごにょと挨拶をして周辺の話をして探り探り本題に入ってく。互いに本題は分かっているのだから、前段は無駄と言えば無駄である。

「一緒に金儲けをするパートナーを探しているんです。法律に詳しい人がいい。剣持先生なら話に乗ってくれるんじゃないかと思って、近づきました」

ここまでは言っていい話だ。

これだけでも驚きそうなものだが、剣持先生は顔色を全く変えなかった。

「私に狙いをつけたのはなぜ？」

「以前、御曹司が残した奇妙な遺言状の事件があったでしょう。あの事件の裏で動いていた弁護士がいるという情報をある筋から得たんです。その弁護士が村山弁護士の案件を引き継いだともききました。村山弁護士の周辺の関係者にきいてまわって、村山弁護士の連絡先を知り、連絡をとりました。それで出たのが剣持先生だったんです」

やはり剣持先生の表情は変わらない。交渉しづらい相手だ。

何を考えているのか分からない。剣持先生は黙りこくっている。追加で質問がないのなら、こちらからの本題をふってもよいだろうか。

無表情のまま剣持先生は悠然とコーヒーを飲んだ。

「今日お会いしたのは、改めてお誘いするためです。どかんと金儲けしませんか。弁護士なんてしていても、年収二、三億が天井ですよ。一度きりの人生、百億、二百億の勝負をしませんか。もし乗ってくれるなら具体的な話ができますが、そうでない場合はこれ以上何も言えることはありません」

「なるほどねえ」

剣持先生は腕を組み、薄く笑った。

「だから峯口先生に会いに行ったんだ、あなた」

胸のうちがひやりとした。この話の流れでどうして峯口のほうに話が飛ぶのか分からなかった。

「こういう危ない儲け話に乗るのは、たいていはものすごいバカな新人か、キャリアが詰んだ弁護士のどちらかなのよ」

剣持先生も妙な遺言状の件で危ない儲け話に乗ったはずだが、自分を棚にあげてひょうひょうと言った。

「あなたがどんな金儲けを企《たくら》んでいるか分からないけど、法律に詳しい人を仲間に入れたかった。私にも唾をつけていたものの、峯口先生の存在も何かで知った。峯口先生はかっこうの人材ね。法務能力は高いけど、事務所の人間関係でミスってるんだもの。事務所を転々として、そろそろ受け入れてくれるところも減ってきた。もう後がないって状態だもんね。そういう人間は、どかんと一発当てて弁護士業界どころか働くことから卒業しようと考えてもおかしくない」

剣持先生の言うとおりの狙いだった。峯口を誘うために近づいたが、話をする前に彼は死んでしまった。

「でもどうせ、あんたの金儲けは大したことないと思うの、私」

言葉をきってゆったりとコーヒーに口をつけた。

「歌舞伎町のあの雑居ビルから『バー翼』を追い出して、格安で『みさき』を入れてやったの、あなたの仕業でしょ。家賃の差額からリベートをもらってるんだろうけど、みみっちい商売よ。そういう手数料ビジネスでコツコツ稼ぐようじゃ、弁護士と何も変わらないわよ」

手数料ビジネスという点は、恐ろしく図星だった。

俺たちのビジネスは手数料ビジネス、いやもっと言うとすき間ビジネスなのだ。

適法と違法のすき間、人と人のすき間に忍び込んで、吸い取れるものを吸い取る。

一見地味だが、吸い取る管の数が増えると膨大な利益を生む。俺は親父に脅されて動いている末端にすぎないから何の旨味もない。全ての管を束ねるトップにいる者は、どれだけの利益を得ているのか想像もつかない。

剣持先生は、俺たちが組織で動いていることを知らないらしい。俺個人が悪知恵を働かせて金を稼ごうとしている程度に捉えている。

だが、組織の存在はこちらから口にできないことになっている。俺たち自身が違法なことをするわけではないが、違法行為はすぐ近くにある。なるべく警察にマークされたくないのだ。

「法律家を仲間に入れようってことは違法か適法かギリギリのラインを狙うつもりなんでしょ。人生の先輩として言わせていただきますけどね、適法なら何でもしていいってわけじゃないのよ。素人はそのあたりを勘違いしやすいのよね。法律を守る。それはよろしい。ただ法律を守ってさえいればいいって話じゃないの。法律上オーケーでも、倫理上ダメってことがあるのよ。ああ？　なんであなたニヤニヤしてるの？」

「だって」俺は言葉を詰まらせた。

すぐに話しはじめると笑い声が漏れそうだった。

剣持先生にそんな説教をされるとは思っていなかった。

「俺、金がなくてこの喫茶店で土下座させられたんすよ」

「土下座しろって言った覚えはないわ」

「でも、財布とかバッグとか売って金を作れって言われたし。そういうのって倫理上いいんですか？」

「別にいいでしょ。銀行強盗しろと言ってるわけじゃないんだから。あなたの財産を換価しろって言っただけじゃない。そうやって被害者ぶられると、ほんと腹立つ」

眉間にしわを寄せ、俺をにらんできた。

なかなか眼力がある。

「じゃあこの話はもうおしまいね。私はそんなショボい儲け話には乗りません」

剣持先生はきっぱりと言った。

なぜかドヤ顔だった。

剣持先生の顔を見ていると、俺は胸を締めつけられた。わっと泣き出してしまいたいような気持ちになる。

何年も泣いていないから涙なんて出ないのだけど。

剣持先生は断った。

それならもう会えないのだ。

別に会いたいわけじゃない。だがもう二度と会えないかと思うと寂しい。それだけだ。

「あなた、先月、月島で牧田原という男が自殺したのは知っているわよね？」

急に話がとんでとまどったが、牧田原の自殺は知っていた。

否定も肯定もせず、剣持先生の話の続きを待った。

「牧田原は自殺する前、あなたに電話をした。改めてきくけど、あなたと牧田原はどういう関係なの？」

「それをきいてどうするんですか」

「だって、不審な動きをする人は信用できないし、信用できない人は助手に雇えないじゃない」

机の上のホットコーヒーに視線を落とした。黒い水面が妙に澄んで見えた。

剣持先生はまだ俺を雇うつもりでいるのだ。雇い続けていいか迷っていて、それで俺の素性を確かめようとしている。

俺はもう、剣持先生の前から姿を消してしまうのに。

会えなくなるなら、いっそ本当のことを話してもいいのかもしれない。これは親父に口止めさえされていないことだ。親父は俺を見くびっているから。

「牧田原さんと俺は、水難事故のサバイバーが集まる互助会で出会いました。それぞれの経験を話して、ききっぱなしにする。よくある互助会です。俺が十歳のとき、親父が運転する車が故障して、ため池に落ちたんです。親父と俺は助かったけど、母親は死にました」

それで親父にはたんまり保険金が入ったのだ。

事故の前日、親父は俺に「お前、まだ生きていたいか?」ときいてきた。

「そのかわり、俺の言うことをきけよ。そしたらぜいたくな暮らしをさせてやる」

俺はあのとき何と答えたのだろう。

記憶がすっぽりと抜け落ちている。

次に覚えているのは、救急車で運ばれているときの振動が気持ちよかったことだ。

「牧田原さんも水難事故に遭っていたでしょ。俺はたまに電話したり、お茶したりしてたんすよ。あの日も普通に電話で世間話をしただけでした。牧田原さんが直後に自殺するとは思っていなかった。俺もびっくりしたし、ショックでした」

この言葉に嘘はなかった。牧田原との交流は細々とだが穏やかに続いていた。その牧田原が死んだのだ。悲しくないはずがない。

牧田原は自ら起こした水難事故で死人が出たことを心から悔いていた。その様子を身近で見ると、親父ももしかすると、心の底では悔いているかもしれないと希望が持てた。

甘い考えだとは分かっている。

実際の親父からは悔いなどは一切感じられなかった。組織の活動にどんどん肩入れして、俺を小間使いのように使うだけだ。

親父の命令を断れない自分が情けなかった。

水難事故のあとに俺がきちんと証言していたら親父を刑務所送りにできたかもしれない。それができなかった自分、親父の言いなりになっている自分は、母親を裏切り続けているような気がしていた。

「剣持先生」

俺は立ちあがった。

「今までありがとうございました」

その場で土下座をした。

「はあ？　そんなことしろなんて言ってないわよ。土下座なんて一円にもならないんだからね」

「色々助けてもらったのに、結局何もできないですみません」

「何言ってんの、あなたアルバイトしてたじゃない」

会話はいまいちかみ合わなかった。だが俺は顔をあげることなく続けた。

「俺、バイト辞めます。すんません」

沈黙が流れた。

どこかの席からおっさんのいびきが響いてくる。

「別にいいわよ。どうしても言えないことがあるみたいだしね。まっ、何を謝ってるのかしらないけど、何か悪いと思っているなら出世払いで返してちょうだいね」

ははは、と調子よく笑って、剣持先生は立ちあがった。

「ああもう、朝の六時じゃない。一日が始まっちゃう」

伝票をさっと取ると、会計を済ませて出て行った。

剣持先生の背中を、地面に手足をつきながら見送った。

剣持先生は、「さよなら」とも「またね」とも言わなかった。「出世払いしろ」というのはいかにも彼女らしい。

もし、もう一度会えるなら、それは俺が本望を果たしたときだ。

親父が肩入れしている組織を解体し、親父を警察に突き出す。そのために今は親父の言うことをきいているだけなのだから。

何度も口ずさんだ歌を、声を出さずに口にした。

『薄れゆく記憶の底に一つだけ或る日の母の怒り忘れず』

窓の外からは朝の日差しが容赦なく降りそそいでいる。

俺のやっていること、やってきたことを全て洗い流してくれそうな陽《ひ》の光だ。

現実はそう甘くないと知っている。母親の仇をとったところで、これまでの悪事が許されるわけではない。誰に謝っていいのかも分からない。許されたいと思うほうがおかしいのかもしれない。

「土下座なんて一円にもならないんだからね」

きこえるはずのない剣持先生の声がきこえた気がした。謝ってどうするというのだ。俺は俺の道しか進めないのだから。

床から手を離して立ちあがる。店の外から雀《すずめ》が鳴く声がきこえた。

今日もまた、新しい一日が始まる。

本書は、二〇二二年四月に小社より単行本として刊行した『剣持麗子のワンナイト推理』を文庫化したものです。

この物語はフィクションです。作中に同一の名称があった場合でも、実在する人物、団体等とは一切関係ありません。また、作中に登場する法律論は、一部、誇張や省略を含みます。実際の事件処理にあたっては、本書を参考にせず、適切に弁護士に相談して下さい。

【参考文献】
佐木隆三『身分帳』（講談社文庫、二〇二〇）
上野正彦『ヒトは、こんなことで死んでしまうのか』（シティブックス、二〇一七）
大空真『自動車保険金の不正・不当請求事件を暴く』（BookWay、二〇一三）
清永賢二＝清永奈穂『犯罪者はどこに目をつけているか』（新潮新書、二〇一二）
ＮＰＯ法人郷土のことわざネットワーク・ことネット「山梨県北都留郡小菅村のことわざ風土記（民俗誌）」（二〇一七年五月三〇日）

〈解説〉睡眠時間を犠牲にして事件を解決する〝剣持麗子の寝不足推理〟

大森望（翻訳家・書評家）

技術革新のスピードが速いＩＴ業界では、変化の速さをたとえるのに、しばしば「ドッグ・イヤー」という言葉が使われる。犬の一年は人間の七年に相当するという俗説から生まれた言葉で、旧来の業界の何倍ものスピードで革新が進むことを指しているそうだが、その伝で行くと、新川帆立の作家的成長もドッグ・イヤー並み。いやむしろ、「ホタテ・イヤー」と呼ぶべきかもしれない。

なにしろ、新川帆立のデビュー作にあたる『元彼の遺言状』の単行本が宝島社から刊行されたのは二〇二一年一月のこと。なんと、まだ三年ちょっとしか経《た》っていない。それなのに、もうすっかり人気作家。それどころか、すでにキャリア二十年オーバーのベテランの風格がある。

その『元彼の遺言状』は、宝島社が主催する第19回『このミステリーがすごい！』大賞の大賞受賞作。単行本は発売三週間で発行部数十五万部を突破する大ヒットを記録し、デビュー作だというのにいきなりフジテレビ月9枠（月曜夜九時枠の連続ドラマ）の原作に抜擢《ばってき》された。ヒロインの弁護士・剣持麗子《けんもちれいこ》役を演じたのは綾瀬《あやせ》はるか。ドラマでは、大泉洋《おおいずみよう》演じる篠田《しのだ》が彼女の相棒になり、一種の男女バディものにアレンジされている。

　原作の設定を簡単に紹介すると、主人公の剣持麗子は、ボーナスの金額に納得が行かず大手法律事務所を飛び出した辣腕弁護士。彼女の大学時代の恋人（〝元彼〟）で、大手製薬会社の御曹司である森川栄治《もりかわえいじ》が「僕の全財産は、僕を殺した犯人に譲る」という奇妙な遺言状を残して世を去り、栄治の友人だった篠田が麗子に連絡してくるところから物語が動きはじめる。いわく、自分が栄治にインフルエンザを感染させて殺したということにして〝犯人〟に立候補したい……。

　数百億とも言われる遺産の分け前を勝ちとるため、篠田の代理人として〝犯人選考会〟に参加を決める麗子。しかし、問題の遺言状を保管していた金庫が盗まれ、さらに栄治の代理人だった村山権太《むらやまげんた》弁護士（ドラマでは笹野高史《ささのたかし》が演じた）が何者かに殺害されてしまう。はたして麗子は首尾よく遺産を勝ちとれるのか？

　月9ドラマ版のほうは、二〇二一年四月から放送開始。リアルタイムで見ていたところ、『元彼の遺言状』のストーリーが最初の二話であっという間にぜんぶ消化されてしまって思わず茫然《ぼうぜん》。いったいこれからどうするの？　と思ったら、ドラマ版第三話の原作は、《剣持麗子》

シリーズのスピンオフ短編——というか、ドラマの放送開始に合わせて二〇二二年四月に発売された本書『剣持麗子のワンナイト推理』の巻頭に収録されている「第一話　家守の理由」だった。

依頼人は、〝武田信玄《たけだしんげん》〟という源氏名で新宿《しんじゅく》・歌舞伎町《かぶきちょう》のホストクラブにつとめる売れないホスト、黒丑益也《くろうしますや》（ドラマでは望月歩《もちづきあゆむ》が演じた）。新宿区百人町《ひゃくにんちょう》にある不動産屋の主人が殺害された事件で遺体の第一発見者となり、警察から事情を聴かれているらしい……。

黒丑益也は、この件がきっかけで剣持麗子の助手として働くことになる。同じく、レギュラーとして登場するのが警視庁新宿警察署刑事課強行犯捜査係長の橘五郎《たちばなごろう》警部補（ドラマでは勝村政信《かつむらまさのぶ》が演じた）。本書はこの三人を軸にした全五話の連作のかたちをとる。黒丑益也の先輩ホストにあたる〝織田信長《おだのぶなが》〟がバーで殺されて〝明智光秀《あけちみつひで》〟が疑われる第二話「手練手管を使う者は」も、ドラマ版『元彼の遺言状』第六話の原作に使われている。

タイトル・ロールの剣持麗子は、もともと所属していた業界大手の「山田川村《やまだかわむら》・津々井《つつい》法律事務所」に復帰して、企業結合担当の弁護士として超多忙な日々を送っている。なのにどうしてこんな街場の事件に関わるようになったかと言えば、前作で村山が毒殺された現場にたまたま居合わせたため。旧軽井沢《きゅうかるいざわ》で「暮らしの法律事務所」を経営していた村山弁護士から、いまわのきわに「この、じむ、しょ。あなたに、あげます」と後事を託されたのである。

「こんなボロっちい事務所いらないわよ！」と叫んだものの、こう見えても意外と義理堅いというか義侠心《ぎきょうしん》に厚い性格の麗子は、村山弁護士が使っていた仕事用のガラケーをあずかって業務を引き継ぎ、ぜんぜん儲《もう》からない法律相談を次々に受ける羽目になる。

　そうは言っても日中は本業（「山田川村・津々井法律事務所」の仕事）があるので、こっち方面の事件は夜のうちに解決しなければならない。だから〝ワンナイト推理〟というわけだが、そのぶん犠牲になるのが睡眠時間。〝剣持麗子の寝不足推理〟というタイトルにしてもよかったんじゃないかと思うくらいで、フィクションの登場人物ながら、読んでいて心配になりますね。

　もっとも、本書で麗子が関わる事件すべてが「暮らしの法律事務所」案件というわけではない。第三話「何を思うか胸のうち」は、なんと、弁護士だらけの運動会で起きた事件が焦点。麗子が所属する「山田川村・津々井法律事務所」は、四百人を超える弁護士が所属する大所帯で、運動会にも百人以上が参加し、体育館を貸し切りにして競技が行われるんですね。どういうわけか、とりわけものすごく熱が入るドッジボールの試合シーンは爆笑です。

　ちなみに、実在する日本の四大法律事務所（「西村《にしむら》あさひ法律事務所」「アンダーソン・毛《もう》利《り》・友常《ともつね》法律事務所」「長島《ながしま》・大野《おおの》・常松《つねまつ》法律事務所」「森《もり》・濱田《はまだ》松本《まつもと》法律事務所」）は、いずれも五百人以上の弁護士が所属しているらしい。事務所単位で運動会をやってるかどうかは寡聞にして知りませんが、東京弁護士会の大運動会は数百人が参加して、年に一度、大々的に行われるんだとか。ドタバタコメディじみた本書の運動会エピソードも意外とリアルなのかもしれない。

　ちなみに著者の新川帆立自身も、東大法学部を卒業後、法科大学院を経て大手法律事務所に所属し、「毎月150時間程度の残業が当たり前で土日も仕事」という過酷な環境で働いていたという。宝島社の雑誌〈smart〉掲載のインタビューによれば、

「メンタルは大丈夫だったんですが、まず血尿が出て、右耳が聞こえなくなって、めまいがするようになって。そのあたりで、体調がおかしいなと気がついて休職を決意しました。それまでは体が丈夫で不調というのがほとんどなくて、初めて自分の体が思い通りにならないということを経験しました。そのことがこれから先の人生を考えるきっかけになって作家教室に通い始めたり、具体的に動き始める原動力になりました」（二〇二一年十二月号「VIPROOM」より）とのこと。けだし、弁護士稼業も楽じゃないが、その当時の経験が小説に生かされているのだろう。

本書のほうでは、認知症らしきおばあさんが登場する「第四話　お月様のいるところ」をはさみ、「第五話　ピースのつなげかた」で、全五話かけて張り巡らされた伏線が回収され、黒丑の真実が明らかになる。剣持&黒丑コンビのリーガル・ミステリーはまだまだ読んでみたいところだが、いまのところ、この続きは残念ながら書かれていないようだ。いつかコンビ復活の日が来ることに期待したい。

なお、ここまで触れなかったが、『元彼の遺言状』と本書のあいだにはもう一作、剣持麗子が脇役で登場する長編『倒産続きの彼女』がある。主人公は、本書第三話に麗子の後輩としてちらっと名前だけ出てくる美馬《みま》玉子《たまこ》。ボス弁の津々井の指示で、麗子とコンビを組み、ゴーラム商会経理部に勤める女性の身辺調査を行うことになる。彼女は、〝会社を倒産に導

く女〟だと内部通報された社員だった……。

この『倒産続きの彼女』が文庫化された二〇二二年十月の時点で、帯には「シリーズ累計100万部突破！」の文字が躍っている。新川帆立は、デビューから二年たたずにミリオンを達成したわけだ。

さらに、そのちょっと前の二〇二二年七月には、『元彼の遺言状』と同じ月9枠で、公正取引委員会の奮闘を描いたお仕事小説『競争の番人』がドラマ化。前代未聞の2クール連続月9ドラマ化の快挙を成し遂げている。

二〇二三年には、初のリーガルSF連作短編集とエッセイ集、それに離婚専門弁護士を軸にしたヒューマン・ドラマを刊行。さらに翌二〇二四年にかけては、事故で頸椎《けいつい》を損傷し首から下がほとんど動かなくなった女性が弁護士を目指して奮闘する新聞連載小説『ひまわり』をスタートするなど、破竹の快進撃が続く。このペースで行けば、十年後には世界を制覇しているかもしれない。実際、いまは世界進出のための計画を練っているところらしい。新川帆立の今後の活躍からますます目が離せない。

二〇二四年三月

新川帆立著書一覧

『元彼の遺言状』（二〇二一年一月、宝島社↓二〇二一年十月、宝島社文庫）
『倒産続きの彼女』（二〇二一年十月、宝島社↓二〇二二年十月、宝島社文庫）
『剣持麗子のワンナイト推理』（二〇二二年四月、宝島社↓二〇二四年五月、宝島社文庫）＊本書
『競争の番人』（二〇二二年五月、講談社）
『先祖探偵』（二〇二二年七月、角川春樹事務所↓二〇二三年十一月、ハルキ文庫）
『競争の番人　内偵の王子』（二〇二二年八月、講談社）
『令和その他のレイワにおける健全な反逆に関する架空六法』（二〇二三年一月、集英社）
『帆立の詫び状　てんやわんや編』（二〇二三年二月、幻冬舎文庫）＊エッセイ集
『縁切り上等！　離婚弁護士　松岡紬の事件ファイル』（二〇二三年六月、新潮社）
『女の国会』（二〇二四年四月、幻冬舎）

宝島社
文庫

剣持麗子のワンナイト推理
（けんもちれいこのわんないとすいり）

2024年5月21日　第1刷発行

著　者　新川帆立
発行人　関川 誠
発行所　株式会社 宝島社
〒102-8388　東京都千代田区一番町25番地
電話：営業 03(3234)4621／編集 03(3239)0599
https://tkj.jp
印刷・製本　中央精版印刷株式会社

First published 2022 by Takarajimasha, Inc.
ISBN 978-4-299-05391-6